CW00693017

Marcel Aymé

Le nain

NOUVELLES

Gallimard

Né à Joigny dans l'Yonne, en 1902, Marcel Aymé était le dernier d'une famille de six enfants. Ayant perdu sa mère à deux ans, il fut élevé jusqu'à huit ans par ses grands-parents maternels, qui possédaient une ferme et une tuilerie à Villers-Robert, une région de forêts, d'étangs et de prés. Il entre en septième au collège de Dôle et passe son bachot en 1919. Une grave maladie l'oblige à interrompre les études qui auraient fait de lui un ingénieur, le laissant libre de devenir écrivain.

Après des péripéties multiples (il est tour à tour journaliste, manœuvre, camelot, figurant de cinéma), il publie *Brûlebois,* son premier roman, aux Cahiers de Poitiers et en 1927 *Aller retour* aux Éditions Gallimard, qui éditeront la majorité de ses œuvres. Le Prix Théophraste-Renaudot pour *La Table-aux-Crevés* le signale au grand public en 1929; son chef-d'œuvre, *La Jument verte,* paraît en 1933. Avec une lucidité inquiète il regarde son époque et se fait une réputation d'humoriste par ses romans et ses pièces de théâtre : *Travelingue* (1941), *Le Chemin des écoliers* (1946), *Clérambard* (1950), *La Tête des autres* (1952), *La Mouche bleue* (1957).

Ses recueils de nouvelles, comme *Le Nain* (1934), *Les Contes du chat perché* (1939), *Le Passemuraille* (1943), font de lui un des maîtres du genre. Marcel Aymé est mort en 1967.

LE NAIN

Dans sa trente-cinquième année, le nain du cirque Barnaboum se mit à grandir. Les savants étaient bien ennuyés, car ils avaient, une fois pour toutes, fixé à vingt-cinq ans l'âge limite de la croissance. C'est pourquoi ils firent en sorte d'étouffer l'affaire.

Le cirque Barnaboum achevait une tournée qui devait l'amener à Paris par étapes. Il donna une matinée et deux soirées de gala à Lyon, où le nain parut dans son numéro habituel, sans éveiller aucun soupçon. Il entrait en piste, vêtu d'un costume de gommeux, et donnant la main à l'homme-serpent qu'il feignait de ne pouvoir embrasser du regard, tant il était long. Alors, on riait sur tous les gradins, parce que l'un était très grand et l'autre très petit. L'homme-serpent marchait d'un pas allongé qui faisait six ou sept des petits pas du nain, et en arrivant au milieu de la piste, il disait d'une voix caverneuse : « Je commence à être fatigué. » Le rire de la foule s'apaisait, pour permettre au nain de répondre avec une voix de fillette : « Tant mieux, monsieur Fifrelin, je suis bien content que vous soyez fatigué. » Et cela faisait rire encore à ventre déboutonné, et les gens se bourraient les côtes en disant : « Ils sont tordants, tous les deux... Mais c'est le nain, surtout... il est tout petit... cette petite voix qu'il a... » De temps à autre, le nain jetait un regard sur cette foule profonde dont les derniers rangs se confondaient dans la pénombre. Les rires et les regards ne le gênaient pas, il n'en ressentait ni peine ni plaisir. Jamais, à l'instant de paraître en public, il n'éprouvait cette angoisse qui serrait la gorge des autres artistes. L'effort du clown Pataclac, cette tension du cœur et de l'esprit pour faire entrer la foule dans son jeu, lui était inutile. De même qu'il suffisait à Tobie d'être l'éléphant, il lui suffisait d'être le nain, et il n'avait pas besoin d'aimer son public. A la fin de son numéro, il quittait la piste en courant, et l'homme-serpent, qui lui donnait la main, le soulevait de terre d'une manière drôle qui faisait partir les applaudissements sur tous les gradins. M. Loyal l'enveloppait alors dans un manteau et le conduisait auprès de M. Barnaboum qui lui donnait un bonbon ou deux, selon qu'il était satisfait de son travail.

— Vous êtes un excellent nain, disait M. Barnaboum, mais surveillez vos ronds de bras.

— Oui, monsieur, disait le nain.

Puis il allait auprès de Mlle Germina, l'écuyère, qui attendait derrière une tente le moment d'entrer en piste. Les jambes moulées par un maillot rose, et le buste pris dans un corselet de velours noir, elle se tenait très droite sur son tabouret, attentive à ne pas froisser son tutu et sa collerette de gaze rose. Prenant le nain sur ses genoux, elle l'embrassait au front et lui caressait les cheveux en parlant doucement. Autour d'elle, il y avait toujours des hommes qui lui disaient des choses assez mystérieuses. Le nain était depuis longtemps habitué à ces paroles de circonstance, et il aurait pu les répéter avec le sourire et le regard convenables, mais leur contenu demeurait pour lui une énigme irritante. Un soir qu'il était sur les genoux de Mlle Germina, Pataclac se trouvait seul avec eux, et dans son visage enfariné, ses yeux brillaient d'un éclat singulier. Voyant qu'il allait parler, le nain s'était avisé de le devancer, par jeu, et il avait murmuré à l'écuyère qu'il perdait le sommeil de ses nuits à cause d'une femme adorable, aux cheveux merveilleusement blonds, à la taille pincée dans un tutu rose qui la faisait ressembler à un papillon du matin. Elle avait ri aux éclats et le clown était sorti en claquant la porte derrière lui, quoique, à la vérité, il n'y eût point de porte.

Quand Mlle Germina sautait à cheval, il courait à l'entrée de la piste, et se tenait debout à côté des gradins. Des enfants le montraient du doigt, riant et disant : « C'est le nain. » Il les regardait avec méfiance et quand il était sûr de n'être pas vu par leurs parents, prenait plaisir à les effrayer de quelque grimace. Dans l'arène galopait l'écuyère dont les voltiges multipliaient le tutu de gaze rose.

Ébloui par l'éclat des lumières et les ailes battantes
de Mlle Germina, fatigué par cette lourde rumeur
et haleine de vie qui emplissait le cirque, il sentait
papilloter ses paupières et gagnait l'une des roulottes où la vieille Mary le bordait dans son lit après
l'avoir déshabillé.

*

Sur la route de Lyon à Mâcon, le nain s'éveilla
vers huit heures du matin, avec une forte fièvre en
se plaignant de violents maux de tête. Mary lui fit
une tisane et lui demanda s'il avait froid aux pieds :
pour s'en assurer, elle glissa la main sous la
couverture et découvrit avec stupeur que les pieds
du nain atteignaient l'extrémité du lit, alors que
d'habitude, il s'en fallait d'au moins trente centimètres. Mary fut si effrayée qu'elle ouvrit la fenêtre
et cria au vent de la course :
— Mon Dieu! Voilà le nain qui grandit! Arrêtez! Arrêtez!
Mais le bruit des moteurs couvrait celui de sa
voix, et d'ailleurs, tout le monde dormait dans les
roulottes. Il fallait, pour faire arrêter le convoi, un
événement d'une gravité exceptionnelle, et Mary,
après réflexion, craignit d'encourir la colère de
M. Barnaboum. Elle assista donc, impuissante, à la
croissance du nain qui poussait des cris de douleur
et d'inquiétude. Parfois il interrogeait Mary d'une
voix encore enfantine, mais déjà incertaine, qui est
celle de l'âge ingrat.

— Mary, disait-il, j'ai mal comme si j'allais me casser en plusieurs morceaux, comme si tous les chevaux de M. Barnaboum travaillaient à m'arracher les membres du corps. Qu'est-ce qui m'arrive, Mary?

— C'est parce que vous grandissez, nain. Mais ne vous agitez pas ainsi. Les médecins trouveront bien le moyen de vous guérir, et vous pourrez continuer votre numéro avec l'homme-serpent, et votre vieille Mary vous dorlotera encore.

— Si vous étiez un homme, aimeriez-vous mieux être nain ou être grand comme M. Barnaboum, avec des moustaches?

— Les moustaches sont une chose bien agréable chez un homme, répondit Mary, mais, d'autre part, il est si commode d'être nain!

Vers neuf heures, le nain dut se coucher en chien de fusil dans son petit lit; encore n'était-il pas bien à son aise. Mary avait beau lui faire des tisanes, il grandissait presque à vue d'œil, et en arrivant à Mâcon, il était déjà un gracieux adolescent. Appelé d'urgence, M. Barnaboum eut d'abord un mouvement de pitié et murmura avec sympathie :

— Pauvre garçon! A présent, sa carrière est brisée. Il était pourtant bien parti...

Il mesura le nain, et en constatant qu'il avait grandi de soixante centimètres, il ne put dissimuler son dépit.

— Il est vraiment inutilisable, dit-il. Que diable peut-on faire d'un garçon qui n'a d'autre spécialité que de mesurer un mètre soixante-cinq? Je vous le demande, Mary. Évidemment, le cas est curieux, mais enfin, je ne vois pas le moyen d'en faire un numéro. Il faudrait pouvoir le présenter « avant et après ». Ah! s'il lui était poussé une deuxième tête, ou une trompe d'éléphant, ou n'importe quoi d'un peu original, je ne serais pas embarrassé. Mais, en vérité, je n'ai que faire de cette croissance soudaine. Je suis même très ennuyé. Comment vais-je vous remplacer ce soir, nain? Mais je continue à vous appeler nain, et je ferais mieux de vous donner votre nom de Valentin Duranton.

— Je m'appelle Valentin Duranton? demanda le ci-devant nain.

— Je n'en suis pas trop sûr. Duranton ou Durandard, à moins que ce ne soit Durand tout court, ou même Duval. Je n'ai pas le moyen de m'en assurer. En tout cas, je vous garantis le prénom de Valentin.

M. Barnaboum donna des ordres à Mary pour que l'événement ne fût pas ébruité. Il craignait que la nouvelle ne fît une petite révolution parmi les artistes de sa troupe; les phénomènes, comme la femme-à-barbe-canon, et le manchot tricoteur, en viendraient peut-être à considérer leur disgrâce avec quelque mélancolie, ou à concevoir des espérances déraisonnables, dont leur travail se ressentirait. On convint de dire que le nain, assez gravement malade, devait garder le lit et ne recevoir aucune visite. Avant de quitter la roulotte, M. Barnaboum mesura encore le malade qui avait pris quatre centimètres pendant la conversation.

— Il va bon train, ma foi. S'il continue, il fera
bientôt un géant assez présentable, mais il n'y faut
guère compter. Pour l'instant, il est clair que ce
garçon-là a toutes les peines du monde à tenir dans
son lit et qu'il serait mieux assis. Mais comme il
n'a plus de vêtement à sa taille, et afin qu'il ne
perde pas ses habitudes de décence, vous irez lui
chercher dans ma garde-robe ce complet gris à
rayures groseille, que mon ventre naissant me fit
reléguer l'année dernière.

★

A huit heures du soir, Valentin comprit que sa
crise était terminée. Il mesurait un mètre soixante-
quinze et rien ne lui manquait de ce qui fait
ordinairement l'orgueil d'un très bel homme. La
vieille Mary ne se lassait pas de le regarder, et,
joignant les mains, lui faisait compliment de sa fine
moustache, et du joli collier de barbe qui ajoutait
tant de distinction à son beau visage de jeunesse, et
aussi de ses larges épaules, de son torse bombé qui
emplissaient avec avantage le veston de M. Barnaboum.

— Marchez un peu, nain... je veux dire monsieur Valentin. Marchez trois pas que je vous voie...
Quelle taille! Quelle élégance! Quel balancé de la
hanche et de l'épaule! Vous voilà mieux fait, sur
mon honneur, que M. Janido, notre bel acrobate,
et je ne vois même pas que M. Barnaboum, au
temps de ses vingt-cinq ans, ait eu cette fierté et

cette force gracieuse qui sont en votre personne!

Valentin avait plaisir à tous ces compliments, mais il écoutait d'une oreille un peu distraite, car il avait bien d'autres sujets d'étonnement. Par exemple, les objets qui lui paraissaient si lourds autrefois, son gros livre d'images, la lampe-tempête, le seau rempli d'eau, ne pesaient pour ainsi dire plus à ses mains, et il sentait dans son corps et ses membres, des forces disponibles dont il cherchait vainement l'emploi dans cette roulotte où toutes les choses étaient de dimensions réduites. Il allait ainsi de toutes les notions, de toutes les idées, qui, la veille encore, comblaient son esprit et son imagination de nain; il percevait maintenant qu'elles ne lui suffisaient plus, et toujours lui semblait-il, au moment de parler, qu'il lui manquât quelque chose. A chaque instant, ses efforts de réflexion, ou les propos de la vieille Mary, lui découvraient des nouveautés, dont il s'émerveillait. Parfois aussi, une intuition hésitante l'égarait sur de fausses routes, quoiqu'il soupçonnât quelque chose de son erreur. Comme la vieille Mary s'approchait pour lui ajuster sa cravate, il lui prit la main et débita une phrase qui lui revenait en mémoire pour l'avoir maintes fois entendue en d'autres circonstances.

— Comment pourriez-vous m'empêcher de vous trouver charmante? Vos yeux ont la couleur tendre et profonde des grands soirs d'été, rien n'est plus doux que le sourire de votre bouche mutine, et tous vos gestes semblent tels que l'envol d'un oiseau. Heureux, mille et mille fois heureux celui qui saura trouver le chemin secret de votre cœur, mais qu'il soit maudit si ce n'est moi.

Aux premiers mots, la vieille Mary fut d'abord un peu surprise, puis elle s'habitua très bien à l'idée qu'on pût encore lui adresser de pareils hommages. Elle sourit à la bouche mutine, battit de l'aile à l'envol de l'oiseau, et soupira la main sur le cœur :

— Ah! monsieur Valentin, il vous est venu plus d'esprit encore que de taille, et je ne pense pas qu'une personne sensible puisse résister à tant d'agréments. Je ne veux pas être cruelle, monsieur Valentin. D'ailleurs, ce n'est pas dans mon tempérament...

Mais le galant, sans savoir pourquoi, partit d'un grand éclat de rire, et Mary comprit aussitôt qu'elle s'était laissé abuser par de belles paroles.

— Je suis une vieille bête, dit-elle en souriant. Mais comme vous allez vite, monsieur Valentin! Voilà que vous vous moquez déjà d'une pauvre femme.

Tandis que le spectacle commençait, M. Barnaboum fit une brève apparition dans la roulotte, pressé comme il était toujours. Il ne reconnut pas Valentin, et crut que la vieille Mary avait fait appeler le médecin.

— Eh bien, docteur, comment trouvez-vous notre malade?

— Je ne suis pas le docteur, répondit Valentin, je suis le malade. Je suis le nain.

— Ne reconnaissez-vous pas votre complet gris à rayures groseille? ajouta Mary.

M. Barnaboum ouvrit de grands yeux, mais il n'était pas homme à s'étonner longtemps.

— Beau garçon! dit-il, je ne suis pas surpris que mon complet lui aille si bien.

— Et si vous saviez, monsieur Barnaboum, combien il a d'esprit! Ce n'est pas croyable.

— Mary exagère un peu, dit Valentin en rougissant.

— Hum! Drôle d'histoire qui vous arrive là, mon ami, et je ne vois pas encore quelle conclusion lui donner. En attendant, vous ne pouvez rester ainsi à étouffer dans cette roulotte. Venez avec moi prendre l'air, je vous ferai passer pour quelqu'un de mes parents.

Si M. Barnaboum ne l'avait accompagné, Valentin se fût probablement livré à quelques excentricités, comme d'éprouver la force de ses jambes neuves en courant autour du cirque, ou de crier ou de chanter avec toute sa voix.

— La vie est une bien belle chose, disait-il. Je ne le savais pas encore hier soir. Et comme le monde paraît grand, quand il est vu d'un peu haut!...

— Sans doute, répondait M. Barnaboum, mais il n'y a pas autant de place qu'on pourrait le croire d'abord, et vous n'irez peut-être pas longtemps avant d'en faire l'expérience.

Chemin faisant, ils croisèrent l'homme-serpent qui sortait de sa roulotte. Il s'arrêta auprès d'eux, et comme il était naturellement enclin à la mélancolie, il considéra sans bienveillance ce solide gaillard au visage épanoui, qui accompagnait le patron.

— Comment va le nain? demanda-t-il.

— Pas bien, répondit M. Barnaboum. Le médecin, qui est venu tout à l'heure, l'a fait transporter à l'hôpital.

— Autant dire qu'il est perdu, ajouta Valentin avec une impatience joviale.

L'homme-serpent essuya une larme et dit avant de s'éloigner :

— C'est bien le plus gentil camarade que j'aie jamais connu. Il était si petit qu'il n'y avait pas de place en lui pour la méchanceté. Il était doux, monsieur, et confiant. Quand il mettait sa petite main dans la mienne, pour entrer en piste, je ne peux pas dire comme j'étais heureux.

Valentin était ému. Il aurait voulu dire à l'homme-serpent qu'il était le nain et qu'il n'y avait presque rien de changé, mais, en même temps, il craignait de se diminuer, de consentir à ses limites d'autrefois. L'homme-serpent lui jeta un regard hostile et partit en reniflant. M. Barnaboum dit à Valentin :

— Vous aviez des amis...

— J'en aurai d'autres.

— Ce n'est pas impossible... mais celui-ci était un ami sûr, qui n'avait rien à attendre de vous.

— Qui n'avait rien à craindre non plus, monsieur Barnaboum.

— Vous avez raison, monsieur Valentin, et la

vieille Mary aussi, quand elle affirme qu'il vous est
venu de l'esprit.

Ensemble, ils entrèrent au cirque, et il fallut
expliquer à plusieurs reprises que le nain venait de
partir pour l'hôpital et qu'on ne le reverrait plus
dans la troupe. Chacun essuyait une larme et
donnait des paroles de regret. M. Loyal, le clown
Pataclac, Janido et ses trois frères acrobates,
Mlle Primevère la danseuse de corde, les Japonais
équilibristes, Julius le dompteur, et tous les artistes
du grand cirque Barnaboum, soupiraient qu'ils
perdaient leur meilleur ami. L'éléphant lui-même
balançait sa trompe d'une manière qui ne lui était
pas habituelle et on voyait qu'il était malheureux.
Cependant, personne ne prenait garde à Valentin,
quoique M. Barnaboum le donnât pour son cousin.
C'était comme s'il n'eût pas existé, et il demeurait
silencieux, étranger, semblait-il, à ce grand chagrin
dont il était la cause. Surpris et choqué qu'on ne fît
pas plus attention à lui, il en voulait au nain de
tenir encore tant de place.

Sur la piste, l'homme-serpent se livrait à de
savants exercices, comme de s'enrouler autour d'un
mât, passer par le trou d'une aiguille et faire un
double nœud avec ses jambes. Valentin écoutait
avec un peu d'envie le murmure d'admiration qui
courait sur les gradins. Il avait, lui aussi, connu les
faveurs de la foule, et, d'ailleurs, il espérait les
connaître encore. Cette jeunesse du corps et de
l'esprit, cette perfection qu'il sentait en lui, comment le public ne les aurait-il pas admirées?

*

Lassé par le spectacle et impatient de découvrir le monde, il porta ses pas dans les rues de la ville. Heureux de se débarrasser du nain, fier de sa force et de sa liberté, il arpentait le pavé avec exaltation. Mais son ivresse fut de courte durée. Les passants ne lui prêtaient pas plus d'attention qu'à l'un quelconque d'entre eux. Sans bien comprendre que sa nouvelle condition faisait de lui un homme comme les autres, il songeait qu'autrefois, quand l'homme-serpent ou la vieille Mary le conduisaient dans les rues de la ville où l'on donnait une représentation, tous les regards étaient braqués sur lui.

— J'ai grandi, soupira-t-il, et voilà qu'il ne m'arrive rien du tout. A quoi donc sert d'être un bel homme, si cela ne se voit pas? On dirait que le monde n'est fait que pour les nains.

Après avoir marché un quart d'heure, le spectacle de la ville lui parut d'une extrême monotonie. Jamais il ne s'était senti aussi seul. Les passants étaient rares, les rues maussades, pauvrement éclairées, et, en se représentant les lumières éclatantes du cirque Barnaboum, il regretta de s'être éloigné. Pour tromper la solitude, il pénétra dans un café et se fit servir un bock sur le zinc, comme il avait déjà vu faire à l'homme-serpent. Le patron, qui bâillait en regardant la pendule, lui demanda d'une voix distraite :

— Comme ça, vous n'êtes pas allé au cirque?

— Je n'ai pas eu le temps. Vous non plus?

— Ma foi, non. Il faut bien être là pour garder l'établissement.

— En somme, dit Valentin, vous n'avez pas une existence très gaie?

— Moi? protesta le patron, mais je suis le plus heureux des hommes! Ce n'est pas pour me vanter...

Il expliqua en quoi consistaient ses occupations. Valentin n'osait pas dire ce qu'il en pensait, mais il lui semblait que le bonheur était une chose bien ennuyeuse, quand on n'avait pas la chance d'appartenir à une troupe d'artistes célèbres. Ignorant des usages, il partit sans payer son bock, et regagna le cirque Barnaboum.

★

Rôdant vers les écuries, Valentin aperçut Mlle Germina assise sur un tabouret pendant qu'un palefrenier harnachait son cheval. Il prit le temps de la regarder sans être vu et découvrit à son admiration des prétextes nouveaux. Il s'intéressait moins à la fraîcheur de la collerette, aux harmonies en rose et noir de son costume, qu'à la minceur de la taille, au modelé du genou et de la jambe, à la gracilité du col, et à il ne savait quel mystère impossible à nommer quand on n'est pas instruit des merveilles du sex-appeal. Il pensait en tremblant un peu qu'il s'était assis la veille encore sur les genoux de l'écuyère et qu'il avait appuyé sa tête contre le corselet de velours noir au doux renflement. Mais ses souvenirs le trahissaient, car il lui semblait avoir posé sur le corselet, non pas sa tête de nain, mais sa belle tête neuve, avec le collier de barbe et la fine moustache. Il réfléchit, néanmoins, qu'il ne pouvait plus s'asseoir sur les genoux de Mlle Germina. Il était trop grand et trop lourd.

— Je m'appelle Valentin, dit-il à l'écuyère.

— Je crois vous avoir aperçu tout à l'heure, monsieur. On m'a dit que vous étiez un parent de M. Barnaboum... Vous me voyez bien affligée, car je viens d'apprendre que mon ami le nain est à l'hôpital.

— C'est sans importance... J'ai à vous dire que vous êtes très belle. Les cheveux blonds, je trouve que c'est bien, et les yeux noirs aussi, et le nez, et la bouche... Je serais content de vous embrasser.

Mlle Germina fronça les sourcils, et Valentin fut intimidé.

— Je n'ai pas voulu vous fâcher, dit-il, et j'attendrai pour vous embrasser que vous me le demandiez. Mais vous êtes bien belle. Le visage, le cou, les épaules, tout est parfait. C'est comme la poitrine. Je suis sûr que les gens ne font pas attention aux poitrines, eh bien! moi, je trouve que c'est très intéressant. La vôtre...

Dans sa candeur, il tendit les deux mains, sans savoir qu'il allait faire une chose épouvantable, défendue par les convenances. Mlle Germina était en colère, elle lui dit qu'on n'agissait pas ainsi avec

une personne bien élevée et qu'elle était une artiste
pauvre, mais fière. Il ne trouvait rien à dire pour sa
défense. A tout hasard, il recourut à un boniment
qu'il avait entendu cent fois dans la bouche de
Pataclac ou des frères Janido.

— L'amour me fera perdre la raison, soupira-
t-il. Hélas! pourquoi faut-il, adorable écuyère, que
mes yeux aient été troublés par vos cheveux d'or et
votre regard de velours, par la grâce et la majesté
de votre taille de fée?

Elle trouva qu'il parlait bien et écouta de
meilleure volonté. Valentin poursuivit :

— Mais comment vous faire comprendre que je
voudrais déposer aux pieds de votre âme une
fortune digne de votre beauté?

L'écuyère eut un gracieux sourire, mais M. Barnaboum entra au même instant et entendit le
propos.

— Ne l'écoutez pas, dit-il à Mlle Germina. Ce
garçon-là n'a pas un sou de fortune. Ses discours
sont encore plus menteurs que ceux de Pataclac,
qui possède au moins un très joli talent de clown.

— Moi aussi, repartit Valentin, j'ai un très joli
talent, et le public ne m'a jamais ménagé ses
applaudissements.

— Et que faites-vous donc? demanda l'écuyère.

M. Barnaboum se hâta de parler d'autre chose,
puis il entraîna Valentin au-dehors.

— Parlons-en un peu de votre talent! dit-il
lorsqu'ils furent seuls. Vous pouvez vous flatter de
l'avoir gâché proprement! Allez donc vous présen-

ter sur la piste, et nous verrons si le public vous
applaudira encore... Ah! vous voilà un joli monsieur! Il y a de quoi être fier, ma foi. Quand je
pense que vous mesuriez quatre-vingt-quinze centimètres et que vous étiez l'honneur de la troupe,
quelle pitié de vous voir ainsi arrangé!... Vraiment,
c'est bien à vous de faire la cour aux filles, qui ne
savez même pas comment vous allez gagner votre
vie. Y avez-vous seulement réfléchi cinq minutes?

— Gagner ma vie? dit Valentin.

Voyant son innocence et qu'il ne soupçonnait
rien des nécessités de la vie, M. Barnaboum entreprit de l'en instruire. Il lui expliqua l'usage de
l'argent, la difficulté qu'il y a pour un honnête
homme à s'en procurer, et ce qu'il faut entendre
par les plaisirs de l'amour. Valentin comprenait à
merveille. Il avait seulement un peu d'inquiétude à
cause de l'amour.

— Pensez-vous que Mlle Germina consente à
m'épouser?

— Sûrement non! répondit M. Barnaboum. Elle
est trop sage pour faire une pareille folie. Ah! si
vous étiez un grand artiste, peut-être...

★

Pour l'amour de Mlle Germina, et parce qu'il
comprenait que dans la vie, à moins d'être nain ou
éléphant, il faut bien faire quelque chose, Valentin
décida qu'il serait un grand artiste. M. Barnaboum,
en considération de ses services passés, voulut bien

faire les frais de son apprentissage. Il fallait d'abord choisir une spécialité. Celles de trapéziste et d'acrobate en toutes manières ne pouvaient convenir, car elles exigeaient non seulement des aptitudes particulières, mais encore une souplesse et une élasticité du corps qui ne s'acquièrent plus à l'âge d'homme. Valentin se mit d'abord à l'école de Pataclac, mais au bout de quelques heures de travail, le clown l'avertit amicalement qu'il ne fallait rien espérer de ce côté-là.

— Vous ne ferez jamais rire un enfant. Je vous vois trop raisonnable d'esprit et d'allures pour surprendre votre public par quelque chose d'inattendu. Vous faites les choses comme vous les pensez, et vous les pensez comme elles doivent être faites.

« Ce n'est pas que le bon sens doive manquer à un clown, au contraire, mais nous le mettons plus volontiers là où on ne l'attend pas, dans une grimace ou un mouvement des doigts de pied. C'est une habitude qui vient toute seule quand on en a le goût, mais un homme comme vous perd son temps à vouloir être clown. »

A regret, Valentin se rendit aux raisons de Pataclac et commença son apprentissage de jongleur, auprès des deux Japonais. En arrivant à Joigny, il jonglait passablement avec deux boules de bois, mais il comprit qu'il ne saurait jamais aller beaucoup plus loin, et d'ailleurs, le jeu ne lui plaisait guère. Il lui semblait tricher avec des lois honnêtes qui avaient toute son approbation.

Il se mit à d'autres apprentissages, et sans plus de succès. En toutes choses, il se montrait assez adroit, mais pas plus qu'il n'est ordinaire. Lorsqu'il voulut monter à cheval, il y réussit aussi bien qu'un capitaine de gendarmerie, et M. Barnaboum convint qu'il avait de l'assiette. Ce n'était pas suffisant, il fallait d'autres mérites pour prétendre à être un artiste.

Valentin était si découragé par tous ces échecs qu'il n'osait plus regarder le spectacle; et les villes où passait le cirque Barnaboum lui semblaient toutes aussi mornes que celle où il s'était risqué seul pour la première fois. Le soir, il préférait à toute autre la compagnie de la vieille Mary qui savait encore le consoler.

— N'ayez aucune crainte, disait-elle, tout finira par s'arranger. Vous serez un grand artiste, comme M. Janido ou M. Pataclac. Ou bien vous redeviendrez nain, ce qui serait une bonne chose, quoique vous ayez plus bel air ainsi. Vous serez nain, et vous reviendrez dormir dans votre petit lit de nain, et la vieille Mary vous bordera tous les soirs...

— Et Mlle Germina?

— Elle vous prendra sur ses genoux, comme elle faisait autrefois.

— Et puis encore?

— Elle vous donnera un baiser sur le front.

— Et puis encore?... Ah! Mary... Mary... si vous saviez! non, je ne veux plus être nain.

★

Il y avait déjà près d'un mois que Valentin avait grandi, lorsque le cirque Barnaboum arriva à Paris où il dressa ses tentes à la porte de Vincennes. Dès le premier soir, une foule nombreuse combla les gradins, et M. Barnaboum surveillait d'un air soucieux l'exécution du programme. Valentin se tenait derrière la piste, au milieu des valets en uniforme, et des artistes qui attendaient l'instant de faire leur entrée. Il avait perdu tout espoir de fournir une carrière d'artiste ; sa dernière tentative, avec M. Julius le dompteur, avait échoué comme les autres. Il était trop bien équilibré pour se risquer sans dommage dans la cage aux fauves. Il lui manquait ces initiatives du corps, qui préviennent le danger, et que ni le courage ni le sang-froid ne peuvent remplacer. M. Julius lui avait reproché d'être trop raisonnable en face des lions.

Valentin regardait Mlle Germina galoper sur la piste. Debout sur son cheval, et le bras tendu vers la foule, l'écuyère répondait par des sourires aux applaudissements, et Valentin songeait qu'aucun de ses sourires n'était pour lui. Il se sentit las et honteux de sa solitude. Il venait de voir défiler sur la piste la plupart des compagnons de la troupe : Pataclac, les frères Janido, Mlle Primevère la danseuse de corde, Fifrelin et les Japonais. Chacune de ces exhibitions lui rappelait un échec.

— C'est fini, soupira-t-il, je n'entrerai plus

jamais en piste. Il n'y a plus de place pour moi
dans la troupe du cirque Barnaboum.

Il jeta un regard sur la foule et il aperçut, à
quelque distance, un espace inoccupé à cause d'un
poteau qui gênait la vue. Il alla s'y asseoir et oublia
presque aussitôt sa mélancolie. Autour de lui, il
entendait parler de l'écuyère, louer sa grâce et son
adresse, et il mêlait ses propos à ceux des voisins.
Oubliant qu'il était Valentin, il se confondait avec
la foule et applaudissait sans y prendre garde.

— Comme elle nous sourit! murmura-t-il avec
la voix du public.

Quand ce fut la fin du spectacle, il se laissa
porter vers la sortie par le flot des spectateurs. Il ne
songeait plus aux carrières d'artiste et n'éprouvait
plus le besoin d'être admiré. Au contraire, il était
heureux d'appartenir à ce grand troupeau et de
n'être plus tout à fait responsable de sa personne.
M. Barnaboum, qui l'avait vu s'asseoir sur les
gradins, le suivit des yeux longtemps, jusqu'à ce
qu'il devînt, dans la foule, un point pareil aux
autres points, et dit à M. Loyal qui se tenait auprès
de lui :

— A propos, monsieur Loyal, je ne vous ai pas
dit... Le nain est mort.

LA CANNE

Les époux Sorbier décidèrent qu'on profiterait
du dimanche après-midi pour faire un tour de
promenade. Par la fenêtre, Mme Sorbier appela ses
deux garçons, Victor et Félicien, qui jouaient dans
la rue à se jeter des ordures au visage. Ils aimaient
les jeux turbulents qui font gémir les mères de
famille.

— Venez mettre vos costumes, dit-elle, on va se
promener. Il fait un joli soleil de dimanche après-
midi.

Chacun entra dans ses habits du dimanche.
Victor et Félicien enfilèrent des costumes marins
avec une répugnance non dissimulée. Ils rêvaient
d'avoir des habits d'homme, qu'il leur fallait
attendre jusqu'au jour de leur première communion où ils toucheraient également une vraie
montre en argent.

Le père mit un faux col dur sur lequel il ajusta
un nœud papillon. Au moment de passer son
veston, il en examina la manche gauche d'un air
sérieux et dit à sa femme :

— Mathilde, qu'est-ce que tu dirais si j'ôtais
mon brassard de crêpe? A Paris, le deuil ne se
porte guère.

— Tu feras comme tu voudras, riposta Mathilde
d'un ton sec. Il n'y a pas plus de deux mois que
mon oncle Émile est mort, mais après tout, il
n'était que mon oncle... et tu as bientôt fait
d'oublier les gens, toi.

— Tu sais bien, Mathilde, ce que disait ton
oncle Émile : « Quand je mourrai, mes chers
enfants... »

— Naturellement, tu n'es pas obligé de respecter
mes morts, mais tu reconnaîtras que j'ai toujours
porté le deuil de tous tes parents. Depuis huit ans
que nous sommes mariés, je n'ai presque pas quitté
le noir...

Sorbier hocha la tête d'un air contrarié et ne
trouva rien à répondre. Abandonnant son projet, il
mit son veston. Toutefois, il ne ressentit pas cette
allégresse vertueuse que procure d'habitude le
renoncement. Il contempla mélancoliquement son
image devant l'armoire à glace et soupira :

— C'est qu'on le remarque bien, tu sais... Ce
serait un veston de couleur foncée, encore, je ne
dis pas...

Sorbier n'était pas exagérément coquet. En
semaine, il s'accommodait très bien d'user au
bureau des vêtements défraîchis, voire rapiécés,
mais il pensait avec raison que le dimanche est fait
pour s'habiller avec distinction. En effet, comment
supporterait-on d'être malmené par son chef de

service si l'on ne savait avoir chez soi un complet des dimanches? C'est une question de dignité humaine. Or, il saute aux yeux qu'un brassard de crêpe compromet l'élégance d'un complet. D'autre part, le deuil est le deuil, il n'y a pas à aller contre, surtout quand on est marié et père de famille.

★

Cependant Victor et Félicien jouaient à cache-cache sous la table de la salle à manger. On leur avait pourtant dit que ce n'était pas un jeu d'appartement. Il arriva qu'un compotier se brisa sur le parquet. Leur mère accourut au bruit, gifla celui qui était à sa portée et enferma l'un des garçons dans les cabinets, pour les séparer. Ainsi, elle pouvait s'habiller tranquillement, sans crainte d'une catastrophe, puisqu'ils étaient séparés. En regagnant la chambre, elle vit son mari assis dans le fauteuil, qui regardait le plafond avec un demi-sourire de béatitude, en caressant la brosse dure de ses moustaches.

— Qu'est-ce que tu regardes au plafond? Qu'est-ce que tu peux encore ruminer, avec ton sourire?

— J'ai envie... Figure-toi, Mathilde, qu'il m'est venu une idée, là, tout de suite. J'ai envie...

Il murmurait comme dans un rêve. Sa femme le pressa de parler, flairant déjà quelque nouvelle sottise.

— J'ai envie, reprit-il, de prendre la canne de

l'oncle Émile... Je n'y avais encore pas pensé à la canne de l'oncle Émile... Tu ne penses pas qu'au lieu de la laisser dans le tiroir de l'armoire à glace, il vaudrait mieux...

Mathilde pinça les lèvres, et lui, il rougit un peu. Évidemment, il s'était trop pressé de désirer cette canne, alors que la tombe de l'oncle Émile était encore toute fraîche, comme sa femme le lui donna à entendre, la voix rageuse et les yeux humides d'indignation :

— A peine deux mois... Un homme qui a travaillé toute sa vie. Il ne s'en était jamais servi, de sa canne!

— Justement...

— Quoi, justement? Pourquoi dis-tu justement? Il n'y a pas de bon sens à répondre : justement. Voyons!

— Je dis : justement. Et son visage eut une expression hermétique, comme s'il attachait à sa réponse un sens mystérieux.

Mathilde somma son mari d'une explication. Il siffla. Elle attacha ses jarretelles en songeant à des représailles. A deux heures et demie, tout le monde était réuni sur le palier. Il semblait bien que la promenade dût être ce qu'étaient toutes les promenades du dimanche : deux heures d'ennui coupées par une station silencieuse autour d'une canette de bière. Le père dit : « En route, mauvaise troupe. » C'était l'habitude. Sur le point de fermer la porte derrière lui, il se ravisa et dit avec un air de parfaite innocence qui abusa Mathilde :

— J'ai oublié ma montre. Descendez, je vous rejoins en bas dans une minute, le temps d'aller et venir.

Il courut à l'armoire à glace, ouvrit le tiroir et prit la canne de l'oncle Émile. La poignée en os jauni, figurant la gueule d'un bouledogue, était vissée sur une tige de bois verni, cerclée d'une virole en or. Sorbier n'avait jamais soupçonné que le fait de tenir une canne dans la main droite pût donner à un homme une conscience meilleure de sa dignité. En rejoignant sa famille qui l'attendait devant la maison, il ne se laissa pas entamer par l'apostrophe rageuse de sa femme. Il dit avec la fermeté d'un homme libre et d'un chef de famille décidé à défendre le bénéfice des mâles responsabilités qui lui incombaient naturellement :

— Eh bien! oui, j'ai pris la canne de ton oncle. Je ne vois pas où est le mal. J'ai trente-sept ans, c'est un âge où un homme qui a des responsabilités peut prétendre à porter une canne. Si tu tiens à ce que celle du vieux reste dans l'armoire, j'en achèterai une, et je te promets que ce ne sera pas de la camelote.

Mathilde garda un silence contraint, elle craignait un coup de tête. On achète d'abord une canne, on prend le goût de la dépense, on a des maîtresses... Pour la première fois depuis plusieurs années, elle jeta sur son mari un regard d'effroi et d'admiration. Quoiqu'elle lui tînt rigueur de son irrévérence à l'égard du défunt, elle ne put se défendre de remarquer l'aisance boulevardière avec laquelle il maniait la canne. Elle poussa un soupir presque tendre que Sorbier interpréta comme une manifestation de rancune.

— Si tu as mal aux pieds, dit-il, rentre à la maison. Je continuerai avec les enfants ; ils ne s'en plaindront pas...

— Il n'est pas question de mes pieds... mais pourquoi dis-tu que les enfants...

— Tu ne me crois pas capable de promener mes enfants ? Tu veux dire, sans doute, que je suis un mauvais père ?

Il eut un ricanement orgueilleux et amer. Victor allait quelques pas en avant de la famille, tandis que Félicien donnait la main à sa mère qui la maintenait solidement. Sorbier s'en avisa et déclara sèchement, parce qu'il avait besoin d'affirmer son autorité par une initiative audacieuse :

— Je ne comprends pas qu'on empêche des gamins de s'amuser. Allons, Félicien, lâche la main de ta mère.

— Quand ils sont ensemble, objecta Mathilde, tu sais pourtant bien qu'on n'en est plus maître. On peut être sûr qu'ils déchireront leurs costumes, s'ils ne roulent pas sous une voiture... Quand l'accident arrive, il est trop tard...

Sorbier ne répondit pas, et portant affectueusement un coup de canne aux mollets de Félicien :

— Allons, dit-il, va-t'en rejoindre ton frère. Ce sera plus gai que d'arpenter les rues dans les jambes de ta mère.

Félicien lâcha la main de sa mère et alla faire à

Victor la surprise d'un coup de pied au derrière.
Victor riposta par une claque, un béret roula jusque
sur le milieu de la chaussée. Mathilde considérait
les conséquences de l'initiative paternelle avec une
affectation d'indifférence qui n'allait pas sans ironie. Sorbier se mit à rire et dit avec bonhomie :

— Ils sont impayables, ces deux gamins-là. Ce
serait dommage de ne pas les laisser s'amuser à leur
aise.

Toutefois, il reconnut la nécessité de diriger leurs
ébats.

— Restez devant moi, à portée de ma canne, et
amusez-vous gentiment. Puisque nous sommes
partis de bonne heure, je vais vous faire faire une
jolie promenade ; ce sera pour vous l'occasion de
vous instruire.

*

La famille parcourut un kilomètre de rues et de
boulevards. Le père désignait les monuments avec
sa canne et discourait avec une abondance et une
bonne humeur qui exaspéraient sa femme.

— C'est plein de monuments historiques par ici.
Là-bas, les magasins du Louvre... ici le ministère
des Finances... Voilà la statue de Gambetta, celui
qui a sauvé l'honneur en 70... rappelez-vous.

Un peu plus loin, Victor avisa une femme nue
debout sur un socle et la montra du doigt.

— Et celle-là, papa ? Qu'est-ce que c'est ? Elle a
sauvé l'honneur aussi ?

Le père eut un mouvement de contrariété. Il
convint d'une voix rogue :

— C'est une femme... Allons, ne reste pas planté
là.

Et il poussa Victor du bout de sa canne. Il était
choqué d'entendre un si jeune garçon l'interroger
sur une femme nue. Mais il se ressaisit presque
aussitôt, et donnant du coude à sa femme, il fit
observer d'un ton où perçait un reproche égrillard,
à peine sous-entendu :

— C'est même une femme bigrement bien
faite... On voit que c'est un artiste qui y a mis la
main. Regarde !

Songeant aux imperfections qu'elle dissimulait
péniblement dans son corset, Mathilde eut un air
de réprobation douloureuse. Sorbier aggrava les
choses en faisant entendre un claquement gour-
mand de la langue.

— Bigrement bien faite ! tu ne vas pas me dire le
contraire ? On ne peut pas rêver une femme qui soit
mieux faite.

Mathilde répondit par un murmure confus qui
était moins un démenti qu'une protestation
pudique. Sorbier se récria, comme s'il eût été
accusé de mensonge. Il lui semblait qu'on voulût
compromettre, par des propos de mauvaise foi,
l'incomparable dignité que venait de lui conférer la
canne de l'oncle Émile. Prenant Mathilde par le
bras, il la poussa au pied de la statue d'un élan
pressé.

— Regarde cette ligne de la hanche, regarde

cette courbe du ventre, hein? Un ventre à peine bombé, juste comme un ventre doit être bombé. Et les seins? parlons des seins, tiens... As-tu jamais rien vu d'aussi beau?

Mathilde en avait les larmes aux yeux. Victor et Félicien suivaient avec beaucoup d'intérêt la démonstration de leur père, et à l'appel des rondeurs qu'il caressait du bout de sa canne, les deux frères réprimaient leur envie de rire, en se bourrant les côtes. Mathilde tenta inutilement plusieurs diversions, exprimant même son inquiétude de voir les enfants détailler cette académie. Sorbier, qui s'exaltait au jeu, ne lui épargna rien, et passant à l'envers de la statue, il eut un véritable rugissement d'enthousiasme :

— De l'autre côté, c'est pareil! Juste ce qu'il faut pour s'asseoir, pas plus!

Sa canne décrivit deux cercles, comme pour isoler l'objet de son admiration. Victor et Félicien, déjà cramoisis par une hilarité contenue à grand-peine, éclatèrent d'un rire gargouillant qui leur sortait par le nez et leur secouait les épaules. Effrayés par cet accès de gaieté qui allait révéler aux parents des instincts dépravés, ils s'éloignèrent en courant. Cela décida le père à abandonner la statue. Mathilde l'avait écouté jusqu'au bout, sans même songer à lui tourner le dos. Elle lui emboîta le pas mécaniquement, dominée par l'image de cette nudité dont le détail l'accablait. Elle se surprit à rougir de sa poitrine dont l'abondance dissimulait à son regard la pointe de ses souliers. Dans un accès de modestie, elle se jugea ridicule, indigne de cet époux qu'elle avait méconnu. Sorbier lui apparut sous un jour nouveau et prestigieux; il devenait tout d'un coup séduisant comme un démon, nimbé d'une auréole de perversité. Elle sentit naître dans son cœur un sentiment dévotieux, une fringale d'obéissance et de complète soumission à la volonté capricieuse de son époux. Toutefois, elle se garda de rien laisser paraître de cette révolution sentimentale. La démarche altière et le visage rogue, elle ne se départait pas d'un mutisme prudent, laissant à son mari le soin de tancer les enfants. D'un effort qui lui congestionnait les joues, elle ménageait sa respiration pour effacer son ventre abondant, sans se rendre compte que sa poitrine saillait d'autant. D'ailleurs, Sorbier ne lui prêtait point d'attention. Grisé par la ferveur de son invocation à cette nudité de pierre, il se répétait certaines phrases qu'il jugeait particulièrement heureuses; en même temps, il se plaisait à évoquer les formes de la statue. A plusieurs reprises, Mathilde l'entendit prononcer d'une voix saccadée : « La cuisse, l'épaule, le ventre, le jarret. » Un moment, elle put croire qu'il méditait une manière originale de composer un pot-au-feu, mais après un silence, il ajouta en éclatant d'un rire nerveux : « Et les seins, nom de nom! les seins! » Déjà, il s'avérait que l'émotion artistique de Sorbier n'était plus tout à fait pure. Il y avait dans l'éclat de son regard, dans la chaleur de sa voix, des signes qui avertissaient l'épouse. Elle ne put soutenir davantage son affec-

tation d'indifférence, elle lui dit avec amertume,
mais d'une voix basse, sans colère :

— Je ne sais pas si tu cachais ton jeu, mais
autrefois tu ne t'es jamais permis de me parler de
ces vilaines choses. Depuis que tu tiens la canne de
l'oncle Émile, te voilà bien avantageux. Si ce
pauvre oncle était encore là, il te dirait ce que sont
les devoirs d'un époux et d'un père. Il te dirait qu'il
n'est ni honnête ni raisonnable de parler à sa
femme des seins d'une créature, même en pierre.
Tu devrais savoir, quand ce ne serait que par
l'exemple des Corvison, que le dévergondage du
mari est la ruine du foyer. Et puis, dis-moi, à quoi
bon? Oui, à quoi bon rêver des seins d'une
étrangère? Mon chéri, souviens-toi des soirs, d'hier
soir encore : il n'y avait qu'une poitrine au
monde... souviens-toi, tu ne peux pas oublier, c'est
impossible.

Mathilde comprit aussitôt son erreur. Emportée
par un mouvement de tendresse jalouse, elle avait
eu le tort d'attirer l'attention sur sa poitrine. Non
content d'avoir goûté aux plaisirs du libertinage,
Sorbier se délecta d'être cruel et désinvolte. Il toisa
Mathilde avec un air d'ironie apitoyée, la pointe de
sa canne décrivit dans l'espace un renflement d'une
ampleur injurieuse. Il eut un hochement de tête
qui signifiait :

— Mais non, ma pauvre amie, mais non, tu n'es
pas du tout dans la ligne. Regarde-toi, compare...

Cela était si clairement exprimé que la colère

empourpra les joues de Mathilde. Elle chercha une revanche :

— Après tout, je m'en fiche. Ce que je t'en dis est plutôt pour les enfants et pour toi-même qui ne te rends peut-être pas compte de ton ridicule; parce qu'enfin, tu n'es pas de la première fraîcheur et tu n'es pas précisément joli garçon. La concierge me le disait encore hier matin quand je rentrais d'acheter un bandage pour tes varices.

— Naturellement, une vieille saleté qui a essayé deux fois de m'embrasser dans l'escalier! Mais comme je le lui ai dit : le jour où il me plaira de tromper ma femme, il ne manque pas de jolies filles à Paris. Avec un peu d'expérience — et Sorbier eut un sourire entendu — on n'a que l'embarras de choisir, Dieu merci!

Comme il disait, une jolie femme passa et son regard rencontra celui de Sorbier. Par une inspiration soudaine, il donna un coup de chapeau avec son plus galant sourire. Un peu surprise, la jeune femme inclina la tête, esquissant même un sourire. Mathilde sentit qu'elle perdait la tête. Sa main étreignit l'épaule de Sorbier.

— Cette femme. Qui est cette femme? Je ne l'ai jamais vue ni chez nous, ni ailleurs. Je veux savoir où tu l'as connue.

Sorbier ne répondit pas tout de suite, comme s'il méditait une défaite. Mathilde insistait, rageuse.

— Je ne sais pas, murmura-t-il d'une voix gênée. Je l'ai connue... autrefois... Je ne me rappelle pas exactement.

Jouissant de l'affolement qui paraissait au visage de Mathilde, il s'éloigna pour déloger Félicien d'une plate-bande. La famille quitta le jardin des Tuileries et gagna les boulevards par la rue Royale.

Passant devant une pâtisserie, Félicien se plaignit d'avoir faim et Victor prétendit qu'il avait encore plus faim que son frère.

— Maman, j'ai faim. C'est moi qui ai le plus faim...

Agacée, elle distribua les gifles. Ils se mirent à pleurer et à geindre plus fort. Mathilde elle-même avait les yeux rouges et gonflés. Les passants regardaient avec une curiosité apitoyée cette mère douloureuse qui traînait deux enfants en larmes. Sorbier ne voulait rien voir. Il marchait devant la famille, d'un pas élastique, les joues roses et l'œil attentif, ne se retournant que pour suivre du regard une silhouette de femme. Devant la terrasse d'un café des boulevards, il se laissa rejoindre par la famille.

— Allons prendre quelque chose, dit-il, cette promenade m'a altéré. Et puis, nous verrons du monde, des femmes...

Mathilde jeta un regard à la terrasse du café. Le luxe des fauteuils de rotin à l'uniforme, les glaces, la belle tenue des garçons et la dignité du major-dome lui donnèrent de l'inquiétude. Habituellement, les promenades du dimanche après-midi aboutissaient à quelque café désert puant la sciure de bois et le gros rouge ; un petit bouchon tranquille, comme disait Sorbier avec sympathie, où le patron servait lui-même la canette de bière. Devant cette terrasse du boulevard, Mathilde s'effrayait du prix des consommations et songeait que son mari glissait décidément sur une pente redoutable. Déjà Sorbier la poussait devant lui, d'un geste qu'il voulait aisé. Elle résista.

— Tu sais, dit-elle, c'est un grand café. Nous n'allons jamais dans des cafés comme celui-ci. Tu le sais bien.

— C'est un café comme un autre. On croirait que tu n'as jamais rien vu. Je le connais comme ma poche, ce café-là.

Mathilde eut un sourire humble et murmura timidement :

— Si encore nous n'étions que nous deux, je comprendrais... ce serait une fantaisie plus raisonnable. Une autre fois...

Sorbier s'impatientait ; il lui semblait que la foule des consommateurs s'amusât de l'hésitation de sa femme.

— Puisque tu ne veux pas venir, rentre à la maison avec les enfants. Moi j'ai soif. Tu feras ce qu'il te plaira.

Sans attendre la décision de Mathilde, il se glissa entre deux rangées de tables, et la famille suivit. Au dernier rang de la terrasse, un couple se leva, abandonnant une table dont Sorbier prit possession. Il commanda un apéritif pour lui et de la bière pour les enfants. Mathilde ne voulut rien prendre, prétextant un mal de tête. Les époux, enfoncés dans leurs fauteuils de rotin, gardaient un silence gêné. Sorbier lui-même paraissait mal à l'aise, inquiet de l'impression que cette foule oisive pouvait avoir de sa famille. A plusieurs reprises, il lui sembla que le garçon le considérait sévèrement. Il dit à Mathilde :

— Voyons, prends quelque chose. De quoi as-tu l'air! On ne vient pas au café pour ne rien boire, c'est ridicule.

Elle finit par se laisser convaincre et demanda un bock. Sorbier en eut un grand soulagement et sentit revenir sa belle humeur; il se souvint qu'il avait une canne et en examina la poignée avec une attention affectueuse.

— On a beau dire, mais une canne, ça finit d'habiller un homme. Je ne comprends pas comment je pouvais m'en passer.

Il s'était adressé à Mathilde d'une voix aimable. Elle consentit, dans un élan de reconnaissance et d'amour :

— C'est vrai. Je n'avais jamais pensé qu'une canne t'allait aussi bien. Je suis contente que tu aies songé à la prendre.

Dans cet instant, une femme pénétra sur la terrasse. Sa toilette, son maquillage et le coup d'œil dont elle évaluait les hommes indiquaient assez sa profession. Elle hésita entre plusieurs allées de fauteuils et, apercevant une table disponible à quelques pas de la famille Sorbier, vint y prendre place. Depuis qu'elle était entrée, Sorbier la suivait des yeux avec intérêt. Lorsqu'elle se fut assise, il n'eut aucun mal à accrocher son regard. Il y eut des sourires échangés et même des clins d'yeux. La créature se prêtait au jeu avec complaisance. La liberté avec laquelle Sorbier la regardait l'incitait sans doute à croire que Mathilde n'était pas sa femme. Penché sur son apéritif pour la mieux voir, Sorbier n'en finissait pas de sourire et de décocher des œillades. Mathilde ne pouvait pas ignorer le manège, mais la gorge serrée par la colère et la confusion, et n'osant pas affronter le ridicule d'une scène conjugale au milieu de cette foule, elle demeurait silencieuse. Pourtant, lorsque Victor et Félicien, curieux de connaître la destination des sourires du père, se retournèrent vers l'intruse, elle fit entendre une protestation rageuse.

— C'est révoltant. Se conduire ainsi devant ses enfants! Une dévergondée qui n'a peut-être pas seulement un sou de côté!

La foule des buveurs était si dense sur la terrasse que les garçons suffisaient à peine à la besogne. La créature essayait vainement d'attirer l'attention du majordome pour se faire servir. Sorbier manifestait, par des signes de tête, son indignation de voir avec quel sans-gêne le personnel en usait à l'égard d'une jolie femme. A la fin, il n'y tint plus et prononça en calculant la portée de sa voix, tandis que Mathilde le pressait du genou, pour l'inviter au silence :

— Il n'y a pas moyen de se faire servir. Ma parole, ce café-là devient une boîte! Quand je pense à ce qu'il a été!

La belle personne eut un long sourire de
gratitude qui le combla d'aise. Pour justifier aux
yeux de sa femme l'intervention qu'il méditait,
Sorbier ajouta, impressionné lui-même par un
dandysme qui épouvantait Mathilde :

— Voilà un quart d'heure que j'attends le garçon
pour commander un cocktail !

Ce mot de cocktail, avec le cortège de turpitudes,
de femmes nues et de bouteilles cachetées qu'il
évoquait pour elle, acheva d'accabler Mathilde. Elle
eut la vision précise de son mari dissipant les
économies du ménage en taxis, en gibus et en
dîners fins, tandis qu'elle allait engager son dernier
bijou au Mont-de-Piété pour nourrir ses enfants
affamés.

— Garçon, on vous appelle par ici. C'est
incroyable qu'on ne puisse pas avoir un garçon !

La voix de Sorbier se perdit dans le bourdonne-
ment des conversations. La jeune femme eut un
hochement de tête reconnaissant et rageur.
Emporté par un mouvement de galante impatience,
Sorbier saisit sa canne par le milieu pour cogner
sur la table avec l'extrémité. Il la leva au-dessus de
son épaule, d'un geste vif et généreux...

Derrière lui, un panneau de glace vola en éclats,
fracassé par le bouledogue de l'oncle Émile. Écarlate, Sorbier se dressa hors de son fauteuil. Autour
de lui, il y eut un tumulte de rires, de commentaires, de protestations. Un voisin se plaignait
aigrement que des éclats de verre fussent tombés
dans son apéritif. Les gens s'amusaient de la

consternation du coupable qui tenait sa canne à deux mains comme s'il eût présenté les armes.

✶

Mathilde, que le désespoir tassait tout à l'heure, reprenait goût à la vie. La frayeur de Sorbier, son air d'ahurissement la ressuscitaient; son buste affaissé reprenait de la majesté. A demi dressée, elle jeta dans l'oreille de son mari, avec un ricanement cruel, sans souci de l'hilarité que provoquait son intervention parmi les témoins du drame :

— Cinq cents francs! Voilà ce que nous coûtent tes imbécillités! Pour une sale femme qui n'en avait qu'à ton argent!

Le gérant de l'établissement accourut sur les lieux du sinistre. Un garçon alla chercher un agent. Sorbier déclina ses nom et qualités, produisit des pièces d'identité. Vieilli, les épaules effacées, il répétait en bredouillant :

— Monsieur l'agent, je ne l'ai pas fait exprès... c'est la canne de l'oncle Émile... je voulais appeler le garçon avec ma canne...

Mathilde suivait le débat avec une joie hargneuse, l'accablant de sarcasmes. D'une voix déjà résignée, Sorbier lui dit timidement :

— Voyons, Mathilde, tout à l'heure!

L'agent eut pitié de sa détresse et abrégea les formalités. De son côté, le gérant lui témoigna quelque compassion, affirmant que les dégâts n'étaient pas considérables et qu'il pourrait s'en-

tendre facilement avec la compagnie d'assurances.
Dévoré d'inquiétudes, Sorbier reprit sa place à côté
de Mathilde, qui lui demanda :

— Tu n'as pas envie de prendre un cocktail pour
te remettre? Tu dois avoir besoin de prendre
quelque chose...

Il avait un visage si tourmenté, si humble,
qu'elle se sentait maîtresse de lui infliger les pires
tortures. Elle insista :

— Pendant que tu es dans les frais, tu peux bien
en profiter pour commander un cocktail! Tu m'en
feras goûter...

Sorbier eut un soupir douloureux; son regard
chercha celui de la jeune femme qui l'avait
précipité dans cette funeste aventure, pour y
trouver le réconfort d'une affectueuse compassion.
Mais la créature, comprenant que l'accident avait
rompu le charme, détournait la tête et souriait à un
vieillard frileux qui la dévorait du regard.

— Regarde-la, ta gourgandine, dit Mathilde.
Elle en a trouvé un qui marche avec deux cannes!

Victor et Félicien, avec une cruauté qui n'était
pas tout à fait inconsciente, s'amusaient à reconsti-
tuer l'accident. La mère prenait plaisir à leur jeu et
leur indiquait parfois un détail piquant dans
l'exécution. Sorbier appelait le garçon d'une voix
morne pour régler les consommations. Lorsqu'il
put enfin quitter la table, Mathilde, attardée
paresseusement dans son fauteuil, le rappela et lui
dit avec une insupportable douceur :

— Tu oublies ta canne, mon chéri.

Il revint sur ses pas, saisit sa canne d'un geste gauche et suivit sa femme qui poussait les enfants entre deux rangées de buveurs. Sa canne le gênait; en tournant autour d'une table, il faucha un verre vide que le garçon rattrapa heureusement au vol. Mathilde ricana par-dessus son épaule :

— Décidément, tu parais en train ce soir. Tu ne vois plus rien à casser, non?

Sorbier songea qu'il aurait plaisir à casser sa canne sur l'échine de l'épouse, mais ce fut une pensée fugitive qu'il n'eut pas le courage d'exprimer. En quittant la terrasse, il eut encore l'amertume de voir la gourgandine se lever pour prendre place à la table du vieillard. Mathilde, à qui rien n'échappait, souligna le comique de la situation; mais le désir de revanche qui bouillonnait en son cœur lui fit abandonner le ton de l'ironie. Elle planta son regard dans celui de son mari et attaqua de cette voix rogue qui était familière aux oreilles de Sorbier :

— Vas-tu me dire enfin pourquoi tu t'es permis de prendre cette canne? Une canne qui ne t'appartient même pas?

Sorbier eut un geste vague. Il ne savait pas... Mathilde l'aurait giflé.

— Quand on prend une canne, on a une raison. J'exige que tu me dises pourquoi tu as pris la canne de l'oncle Émile.

Elle s'était arrêtée et le retenait par son veston. Sorbier comprit qu'elle ne lui accorderait point de repos qu'il n'eût donné une explication. Avec probité, il s'appliqua à explorer les replis les plus secrets de son âme et, ne découvrant rien, se laissa aller à une inspiration poétique, dans l'espoir de charmer la colère de l'épouse.

— Qu'est-ce que tu veux que je te dise? Le soleil... oui, c'est ça, le soleil... tu comprends, quand j'ai vu qu'il faisait si beau, je me suis senti comme des idées de printemps... On ne sait pas pourquoi il vous vient des idées de printemps...

Mathilde simula un accès d'hilarité tandis qu'il répétait d'une voix plaintive :

— Bien sûr, des idées de printemps... Si tu pouvais comprendre...

Elle le poussa pour le remettre en marche, comme s'il n'était plus qu'une mécanique, et dit entre ses dents :

— Attends, mon garçon, je vais t'en donner des idées de printemps. Si tu crois que j'ai oublié ta conduite de tout à l'heure...

*

Victor et Félicien avaient profité de l'interrogatoire pour s'accorder un peu de liberté. Il fallut presser le pas pour les rattraper dans la foule des flâneurs. Mathilde dit à l'un des garçons :

— Viens donner la main à ton père et fais bien attention qu'il ne te lâche pas.

Docilement, Sorbier prit la main de son fils et allongea le pas. Mathilde le rappela, d'une voix d'adjudant :

— Donne-lui ta main droite, il a mal au poignet... Eh bien! tu ne comprends pas? Tu ne vas pas faire des embarras avec ta canne, j'espère. Tu n'as qu'à la tenir de la main gauche. Tu n'en paraîtras pas plus ridicule, va.

Sorbier fit passer sa canne du côté gauche et son fils du côté droit. La canne le gênait de plus en plus, il la tint serrée sous son bras et Mathilde s'égaya de son allure craintive. Comme il se disposait à prendre une rue sur sa droite, elle ordonna d'une voix paisible qui lui donna de l'inquiétude :

— Non, tout droit. Continue. J'ai décidé de prendre un autre chemin.

— Il commence à être tard... sais-tu qu'il est déjà près de cinq heures?

— Tout à l'heure, tu n'étais pas si pressé. Moi, j'ai encore envie de me promener. Nous allons refaire la rue Royale en sens inverse et nous prendrons par les Tuileries. A cette saison, il n'y a pas de plus jolie promenade.

Depuis le départ du café, elle méditait sa vengeance : faire passer son mari humilié, vaincu, par les mêmes chemins qu'il arpentait tout à l'heure avec arrogance.

Sorbier allait d'un pas traînant, la tête basse, les épaules voûtées. Il ne songeait plus à regarder les femmes. Il était un pauvre homme qui aspirait à ses pantoufles et à son journal. Mathilde était sur ses talons, s'ingéniant à faire surgir des comparai-

sons entre la modestie de son attitude et cette fière
assurance qu'il avait montrée à l'aller.

— As-tu vu cette jolie fille qui vient de passer?
retourne-toi... Tout à l'heure, tu avais l'œil plus
vif...

Dans le jardin des Tuileries, on rendit la liberté à
Victor et à Félicien, mais Sorbier n'en profita point
pour prendre sa canne dans sa main droite. Il
essayait de l'oublier. Mathilde avait gardé un
souvenir exact des lieux où l'époux avait affirmé
son indépendance et son humeur libertine. Elle lui
rappelait ses propos, avec de féroces commentaires.
En arrivant à la statue de la femme nue, elle eut un
frémissement altier de la poitrine et dit en la
toisant :

— Eh bien! la voilà, ta planche à pain! Tu étais
si emballé tout à l'heure... Tu ne dis plus rien, à
présent?

Sorbier considérait la statue d'un regard mélancolique où Mathilde crut surprendre une nuance de
regret. Elle prit la canne de l'oncle Émile, en
promena l'extrémité sur les contours de pierre
qu'elle se mit à détailler avec malveillance.

— Voyez-moi ça, comme c'est efflanqué... les
épaules d'une bouteille, un ventre d'affamée! Il
faudrait mettre deux paires de lunettes pour lui
voir les estomacs...

Sorbier, le regard vague, paraissait absorbé dans
un rêve mélancolique. Mathilde fronça les sourcils,
posa la canne sur le socle de la statue et, croisant
haut les bras, lui dit rudement :

— Alors?

Sorbier leva sur sa femme un regard de bête traquée. Il hésita un moment, puis il eut dans la gorge un petit rire de lâcheté et murmura :

— Bien sûr, elle fait trop jeune fille... Une belle femme doit être un peu forte...

Cette opinion flatteuse qu'elle venait de lui extorquer fit monter aux joues de Mathilde une chaleur d'orgueil. Elle passa son bras sous celui de l'époux, d'un geste lent et saccadé, comme pour une reprise de possession définitive, et engagea la famille sur le chemin du retour. Victor et Félicien s'étaient emparés de la canne posée sur le socle. Ils la tenaient chacun par un bout et couraient devant leurs parents. Le père les regardait avec soulagement, heureux d'être délivré d'un fardeau qui lui paraissait maintenant insupportable. Soupçonnant quelque chose de cette détente, Mᵐᵉ Sorbier dit aux garçons :

— Rendez la canne à votre père. Ce n'est pas un jeu pour des enfants!

Et, s'adressant à son mari :

— Puisque tu l'as sortie de l'armoire, à partir de maintenant, tu la prendras tous les dimanches.

LA LISTE

*(Histoire d'une fille qui ne pouvait pas tenir
dans un conte fantastique.)*

Noël Tournebise avait tant de filles à marier et si
peu de mémoire qu'il ne pouvait pas se rappeler
tous leurs noms et qu'il était obligé d'en avoir
toujours la liste dans sa poche. A quatre heures du
matin en été, à cinq heures en hiver, quand toute la
famille était assemblée dans la cuisine de la ferme
et que le café fumait dans les bols, Noël ajustait ses
lunettes et grondait en sortant sa liste :

— J'entends qu'on me fait bien du bruit pour
un jour comme tous les jours. Je vous demande si
c'est une chose raisonnable de rire et de chanter, et
de causer si fort aussi, quand il est déjà l'heure de
maintenant. Mais voilà les filles. Je le disais bien
souvent à la femme, du temps qu'elle tenait encore
le balai : « Pourquoi faire me donner toujours des
filles qui me jacassent dans les oreilles, que la
maison en est comme un nid de pies-grièches. Tant
qu'elles sont, je les donnerais toutes pour rien
qu'un garçon ». Oui, voilà pourtant ce que je lui
disais, à la femme.

Et tandis qu'il parlait ainsi, le père riait en

dedans, et parfois riait des lèvres, et de l'œil
derrière ses lunettes, parce qu'il était bien heureux
d'avoir autant de filles. Quand il travaillait dans les
champs, il n'avait qu'à jeter un regard sur la plaine
pour en apercevoir toujours une douzaine, les unes
allant à la lessive, ou à confesse, ou encore
n'importe où, les autres gerbant la moisson ou bien
paressant au frais d'un pommier (que j'apprenne
seulement vos noms, pensait-il). Parfois même,
passant sur la route, au loin, c'était celle d'un
voisin, et il croyait encore que c'était une des
siennes. Il se disait qu'il en avait à ne pas savoir où
les mettre, de ces grandes garces rieuses qui
foutaient Dieu sait quoi, quand on n'était pas
derrière leur dos pour leur promettre une bonne
paire de claques sur les oreilles.

Cependant, les filles plein la cuisine, en voyant
leur père qui mettait ses lunettes, avalaient bien
vite leur café, et pour un moment cessaient de rire
et de se chamailler, et de comparer leurs tours de
taille ou la forme de leurs mollets (il s'en fallait
qu'elles fussent toutes jolies, mais quant à la jambe,
il n'y en avait point de mal partagée). Noël dépliait
sa liste et s'approchait de la fenêtre pour y voir plus
clair.

— Marie-Jeanne 1902 ! appelait-il. Allons,
Marie-Jeanne ?... tu t'en iras au Champ-Rouge
sarcler les pommes de terre. Alphonsine 1900, au
Champ-Rouge aussi... Lucienne 97, au Champ-
Rouge... Louise 1908 et Roberte 1909, vous pren-
drez l'âne et vous irez au moulin prendre les

deux sacs de son... Christine 1915 et Eugénie 1915,
vous garderez les vaches... Viendront avec moi
à la luzerne : Barbe 90, Guillaumette 91 et Marie-
Anne 95... Véronique 1917 gardera les oies. J'en
suis fâché pour elle, une grande fille de seize ans,
mais il n'y a pas moyen de lui confier un travail
plus sérieux. Pour les autres, elles trouveront à
s'occuper dans les bois, au jardin, ou à la maison.
Vous comprenez que s'il me fallait tracer à chacune
la besogne de la journée, je n'en aurais jamais fini.

Pourtant, il ne manquait jamais à les appeler
toutes par leurs noms, et avant de quitter la ferme,
il les avertissait aussi qu'elles n'eussent pas à flâner
seulement un quart d'heure, ou encore à se faire
trousser la jupe par un maraudeur de pucelages,
autrement de quoi son petit doigt saurait bien le lui
dire. Alors, les filles se poussaient du coude et se
regardaient en clignant un œil, car de pucelage à la
maison, pensaient-elles, il n'était pas plus que de
neige en été. La chose était si bien connue que les
filles Tournebise ne se mariaient jamais et que sur
quatre et cinq lieues de pays en rond, elles étaient
tout le mauvais plaisir des hommes, et toute la
crainte des épouses devant Dieu. Barbe 90, qui s'en
allait pourtant sur ses quarante-quatre ans, avec
une paire pour s'asseoir comme deux sacs de farine
(et le feu au milieu, si vous voulez bien), était plus
enragée que toutes ses cadettes, et le curé disait
n'avoir jamais vu, dans toute son existence de curé,
une aussi grande putain que cette satanée Barbe de
la quarantaine ; même que, quand il la voyait venir

à lui, la hanche bourriquante et le flottant de la gorge bien à l'avancée, il était tout heureux d'avoir l'empêche de sa soutane, et encore en plus de se réciter deux ou trois prières en pensant à ce qu'il récitait. Ne nous laissez pas succomber. Et ce qui le mettait en colère bien plus que tout, c'était de voir que cette grande éhontée, par l'exemple funeste qu'elle leur donnait ainsi, entraînait dans le péché tout le restant des Tournebise, depuis Guillaumette 91 jusqu'à Véronique 1917, qui se dévorait déjà de vouloirs à peine qu'elle avait ses seize ans. Aux veilles de fêtes, quand elles étaient toutes à faire la queue devant le confessionnal, il en avait la chair de poule et la suée dans son froc, à penser qu'il allait entendre les quatre cents coups de l'abomination sortir de toutes les bouches de ces garces de Tournebise. Mais plus que les autres ensemble, il redoutait Barbe dont les péchés faisaient tant de volume et de fracas que le confessionnal en était comme à l'envers, ballotté, secoué et remué cul par-dessus tête.

— Mon père, vous pouvez compter que je me repens bien. Figurez-vous que je venais d'ôter ma chemise pour me chercher une puce qui me courait là, dans l'entremi des deux tétons, mais voilà qu'elle se met à descendre...

— Passez, rageait le curé, allons, passez!

— Oui, mon père. Voilà donc le Noré Coutensot qui se penche et qui l'attrape, devinez où?

A chaque instant, le curé s'en allait trouver Noël Tournebise pour se plaindre de la mauvaise conduite de l'une ou l'autre des sœurs, mais c'était le plus souvent à cause de Barbe 90.

— Vraiment, Noël, je ne comprends pas que vous ne teniez pas vos filles de plus près. Tenez, je viens encore d'apprendre que dans la seule journée de samedi, Barbe m'a débauché tout un pan de pays.

— Barbe? disait le père. Attendez, je m'en vais faire une marque sur ma liste pour me rappeler, et soyez tranquille, elle aura une belle paire de claques!

Et Noël tâtait ses poches, mais dans ces moments-là, il ne trouvait jamais sa liste.

— C'est bon, grommelait le curé, je vois ce que c'est. Vous la soutenez, quoi?

— Pas vrai, monsieur le curé! Je vous promets qu'elle sera corrigée. Vous disiez que c'était Guillaumette?

— Mais non! et puis, après tout, Guillaumette si vous voulez! elles seront bientôt toutes à mettre dans le même sac, sauf que Barbe mène la danse...

La liste de Noël Tournebise était dressée par ordre alphabétique, et il n'y manquait aucun des renseignements qui sont utiles à un père. D'un seul regard, il voyait sur une même ligne le prénom et la date de naissance. C'était une très bonne liste, bien écrite, avec des majuscules qu'il aurait pu lire sans lunettes. Malheureusement, elle était déjà ancienne, il s'en servait tous les jours au moins deux fois, et quoiqu'elle eût été copiée sur un papier solide, elle ne laissait pas de se couper aux plis. Il aurait fallu compter aussi avec les accidents.

Dès déjà la première année, un matin que Noël prenait sa liste comme à l'ordinaire, l'une des extrémités, qui s'était trouvée prise entre le manche et la lame de son couteau de poche, avait été arrachée. La section était sans bavure, et le père n'avait pas soupçonné un instant qu'il pût lui manquer un nom. Les premiers temps, quand il appelait toutes ses filles, il éprouvait bien une démangeaison sur le bout de la langue en arrivant à la fin, mais sans plus.

Celle qui n'était plus appelée se perdit au milieu de ses sœurs et ne compta plus. La besogne et le plaisir étaient si partagés que personne n'avait besoin d'elle et qu'elle recula dans la pénombre des habitudes mineures que l'esprit ne formule pas. Elle n'était plus qu'une unité, un participe sans référence d'un nombre lui-même incertain. Son nom s'était perdu dans la poche du père, et sans doute qu'à l'heure de dix heures, en ouvrant son couteau dans les champs pour couper son pain, il l'avait laissé s'envoler au vent de la plaine, entre les bois et la rivière. On n'en avait plus entendu parler, et c'était comme s'il n'eût jamais été. Il y avait dans la maison une ombre familière qui passait inaperçue, vaquant aux soins du ménage et de la ferme. L'une des sœurs murmurait parfois d'une voix distraite : « Il faudrait mettre la marmite sur le feu », ou encore : « Il va falloir aller couper des poireaux ». Et presque aussitôt la marmite se trouvait sur le feu et les poireaux étaient coupés.

Dans la maison, les placards étaient rangés, les caracos raccommodés, les boutons recousus, et souvent même sans qu'on s'en aperçût. Il arrivait, par contre, qu'une besogne ne fût pas accomplie, malgré le vœu qui en était formulé, et il fallait que Guillaumette, Véronique ou Marie-Thérèse se missent elles-mêmes au travail. Alors, elles jetaient alentour des regards furtifs, et sentant leur manquer une présence amie, pâlissaient d'un effroi superstitieux; le soir, elles pétrissaient un gâteau ou se pressaient de tricoter une paire de bas, pour les déposer sur le plus haut rayon d'un placard qu'elles n'ouvraient guère qu'à cette occasion.

Quand les sœurs se querellaient, qu'elles étaient sur le point d'en venir aux mains, et il y avait plus d'un sujet de discorde, autant et un peu plus que d'hommes dans le pays, elles entendaient parfois comme un sanglot dans la maison, et en restaient les bras ballants, le regard honteux, tandis qu'un murmure de contrition leur venait aux lèvres. Et aussi quand elles riaient haut, le sang aux joues et une petite flamme dans l'œil, en se racontant la dernière aventure qui leur était arrivée sous la jupe avec l'homme de la Marie Coutensot, ou avec l'un des quatre frères Pont; alors, ce n'était pas un sanglot qu'entendaient les sœurs, mais rien qu'un soupir.

Les soirs d'été, après le dîner, Noël Tournebise s'asseyait devant la maison en fumant le caporal dans une pipe en merisier, et il y avait des garçons plein les prés d'alentour, et autant de cuisses aux

étoiles que le bonhomme avait de filles sur la liste,
ou plutôt le double d'autant.

— Les grillons nous font une belle musique,
disait Noël à sa pipe en merisier.

Alors que c'était tout le contraire, et que les
grillons, comme aussi bien les crapauds, les rainettes et les rossignols, en avaient la chanson
coupée à l'étranglette d'entendre le ramage de tous
ces couples qui se donnaient la bonne suée sur le
frais de la rosée du soir. Il y avait des voix qui se
répondaient deux par deux, Guillaumette et Frédé-
ric, Marie-Louise et Léonard, on en a bien doux
dans sa peau. Sur la rosée, au ras des prés, l'une
après l'autre, ou à la fois. Autant de filles à
Tournebise, autant de garçons par les prés. Tous
ensemble, c'était une voix qui ne disait pas
grand-chose, mais qui se comprenait assez bien. Et
quand on croyait que la chanson était finie, il y
avait encore la voix de Barbe qui était comme un
roulement du tonnerre. Les grillons, les crapauds,
les rainettes et les rossignols trouvaient que les filles
de Noël n'étaient pas gênées, et ils regardaient d'un
autre côté. Ils regardaient une ombre entre deux
haies, dans le sentier qui menait vers les bois.
C'était une ombre cambrée, et si elle n'avait été
solitaire, on l'eût prise assez facilement pour l'une
des plus jeunes Tournebise, Marinette ou bien
Véronique.

A l'endroit où le sentier sortait d'entre les haies,
l'ombre s'arrêtait sur la plaine, et, s'étant secouée
de ses vêtements, c'était une forme blanche et nue

qui surgissait dans le soir de l'été. Elle frottait de
rosée son corps et ses membres, s'attardant à
caresser la rondeur du ventre et le plein de la
hanche; puis, dans ses deux mains, tendait un sein
clair à la une, et se plaignait un peu plus bas que la
voix des grillons. Elle disait que c'était dommage
qu'aussi blanc et ferme, il ne comptât plus.
Comme il était doux dans ses mains, mieux encore
aux mains d'un garçon, s'il avait compté pour un
sein. Et tout ce qui n'était rien non plus, c'était
dommage. Elle disait que les seins sont bien seuls,
quand ils ne sont pas pour un homme; et le reste
aussi. Il sortait du pré un brouillard blanc et lourd
où elle était jusqu'à la mi-jambe, mais c'était une
caresse froide. La forme nue reprenait ses vêtements d'ombre et revenait sur ses pas, dans le
sentier entre les haies.

Un soir que Noël s'en revenait avec Barbe de
travailler aux champs, ils virent le curé qui venait à
eux en levant les bras, et en criant qu'il y avait des
témoins comme quoi c'était Barbe qui lui avait fait
le coup de lui dépuceler ses deux enfants de chœur.

— Ah! vous pouvez être fiers, tous les deux!
c'est un bel exploit!

Barbe disait que ce n'était pas vrai du tout, et
qu'au reste, les hommes ne l'intéressaient pas plus
que rien. Noël hocha la tête et dit au curé :

— Vous voyez bien. Elle dit que ce n'est pas
vrai.

— Vous êtes aussi coupable qu'elle. Quand je

pense à ces deux pauvres enfants qui n'avaient pas plus de malice que des anges du bon Dieu!

— Oh! pas plus de malice... vous le savez de belle!

— Taisez-vous, mauvaise fille! Des enfants auxquels il ne serait jamais rien arrivé, s'ils n'avaient pas rencontré une grande effrontée...

Barbe haussait les épaules, et le sang de la colère lui venait aux joues. Le curé poursuivit, mais c'était un piège qu'il lui tendait :

— Une grande effrontée, oui, et de quarante-quatre ans, s'il vous plaît! Voyez-moi ces deux innocents avec cette vieille...

— Deux innocents! s'écria Barbe qui n'en pouvait plus d'indignation. Comme si ce n'était pas eux qui ont commencé!

— Elle a pourtant fini par avouer, triompha le curé.

Avec un soupir, Noël prit sa liste et traça une croix sur la deuxième ligne, en face du nom de Barbe, qui venait après celui d'Alphonsine.

— Je vais voir à voir, dit-il.

Le lendemain matin, Noël monta sur son âne pour aller chercher un homme à son aînée. Il fut trois jours dehors et revint avec un inconnu qui avait des yeux bleus très doux. Barbe faillit d'abord se jeter sur le nouveau venu, mais il la regarda d'une manière qui la fit reculer. L'homme s'installa au foyer sans paraître gêné de se voir au milieu de toutes ces filles. Il travaillait aux champs et faisait autant de besogne que quatre sœurs ensemble. Le matin, Noël dépliait sa liste et l'appelait en même temps que ses filles.

— L'homme, tu t'en iras avec Barbe passer la herse au champ des Trois-Bouts.

On lui donnait toujours la compagnie de Barbe, et l'on pensait qu'ils ne tarderaient guère de se marier. Tout ce qui paraissait à craindre, c'était que Barbe ne gâtât les choses par trop d'impatience. Les sœurs Tournebise regardaient avec un peu d'envie le couple partir pour les champs et ne perdaient pas une occasion d'aller rôder autour de lui. Mais elles ne voyaient jamais rien qui autorisât l'espoir d'un mariage prochain. L'homme travaillait sans lever les yeux et ne semblait même pas s'apercevoir qu'il eût une femme à côté de lui. Au bout d'un mois, Barbe déclara renoncer au mariage, et ses sœurs se mirent à tourner autour de l'homme, chacune pour son compte. Elles en étaient toutes éprises, et d'abord, on put croire que cette grande passion aurait sur leur conduite une heureuse influence. Par malheur, Barbe, qui avait fait l'effort d'être sage pendant tout un mois, se rattrapa si bien qu'en moins d'une semaine, elle plongea dans le désespoir quarante-cinq épouses devant Dieu, sans compter les fiancées et les mères de famille. Le curé était sur les dents, excédé de prêcher la résignation à tant de victimes. Comme toujours, le mauvais exemple de Barbe perdit les sœurs Tournebise qui retombèrent dans le péché. Elles disaient que la présence d'un homme au milieu d'elles leur échauffait le sang, et la chose paraît croyable, à considérer le grand nombre de leurs amants.

L'homme se montrait toujours d'une grande réserve, mais à la maison, aux heures des repas, son attitude était singulière. Tandis que toutes les filles le dévoraient des yeux, il regardait dans le vide avec un air d'intérêt, comme s'il eût vraiment aperçu quelque chose qui échappait à ses hôtes. On le voyait sourire, tourner la tête, faire un signe, et la cuiller suspendue, attendre on ne savait quel autre signe. Quand l'une de ses voisines lui adressait la parole, il répondait distraitement, comme s'il eût prêté l'oreille à d'autres propos. Parfois même, on l'entendait parler tout seul, mais dans un murmure si doux qu'il était difficile d'en rien saisir.

— L'homme, lui dit un jour Noël, tu n'es guère aimable avec mes filles!

— Toutes bonnes filles, répondit l'homme, je les aime bien.

— Est-ce que tu n'en veux pas marier une, cette année ou l'autre?

— Oh! si...

— Dis-moi son nom, que je fasse une marque sur ma liste.

L'homme se mit à rire et dit à Noël :

— Pour vous dire son nom, il n'y a pas moyen... oh! non, pas moyen...

Il y avait deux mois que l'homme était installé chez Tournebise et l'on s'aperçut qu'il se relâchait de son ardeur au travail. Le matin, il trouvait toujours une raison de retarder son départ pour les

champs, et le soir, il était le premier rentré. On le
trouvait assis dans la cuisine, et riant aux anges.
Enfin, un matin que Noël appelait ses filles, on
s'aperçut que l'homme n'était plus là, et jamais on
n'eut de ses nouvelles. Depuis ce jour, quand
Joséphine ou Guillaumette disaient qu'il fallait
mettre la marmite sur le feu, elles ne pouvaient plus
compter que la chose se fît toute seule. Et en
faisant le ménage, les filles Tournebise se demandaient ce que l'homme avait bien pu emporter qui
manquait dans la maison.

Environ une année après cet événement, la liste
de Noël se coupa un jour par le haut, et le nom
d'Alphonsine, qui précédait immédiatement celui
de Barbe, se perdit dans un courant d'air. Il y eut
une fille qui ne compta plus, et une forme nue qui
se plaignit aux grillons dans les soirs d'été. Barbe
s'en allait sur ses quarante-cinq ans, et l'on
admirait qu'elle eût encore augmenté de douze
livres en faisant dépérir tant d'hommes. Plus elle
avançait en âge, plus elle avait d'ardeur aux jeux
d'amour. Le curé ne voulait même plus la recevoir
à confesse, préférant encore lui donner l'absolution
sans l'entendre. Et les sœurs de Barbe, avec des
moyens moins importants, suivaient un aussi mauvais chemin. La région en était désolée, et comme
ravagée, car les hommes n'avaient presque plus de
forces pour faire venir les récoltes, et les gens et les
bêtes maigrissaient d'une manière qui faisait pitié.
Il n'y avait que le blé et le bétail de Noël qui

fussent gras, et le curé l'accusait d'avoir calculé son affaire.

— Tout ce qui arrive est la faute de cette misérable Barbe, et vous le savez bien. Depuis l'affaire des enfants de chœur, vous ne pouvez plus ignorer...

— J'ai essayé de la marier, répondait Noël, mais la chose n'a pas réussi.

— Alors, il faut lui trouver un autre mari et qui nous l'emporte loin d'ici!

A la fin d'être talonné par le curé, Noël monta encore une fois sur son âne pour aller chercher un homme à sa fille aînée. Cette fois-ci, il resta cinq jours dehors et revint avec un garçon si timide et si rose que Barbe avait bien envie de le manger. Avec celui-là, les choses ne se passèrent pas tout à fait comme avec le précédent. Au premier jour de son arrivée, pendant le repas du soir, et comme on était au fromage, le garçon eut si chaud aux joues de sentir sur lui le regard de ces filles sans honte, qu'il s'excusa d'avoir à sortir un moment. Lorsqu'il fut dans la cour, il voulut entendre de près la chanson des grillons qui chantaient sur les prés. S'étant engagé entre deux haies, il vit une ombre qui le précédait dans le sentier, et la suivit jusqu'à l'instant où elle devint une forme blanche et nue sur la plaine. Le garçon n'avait jamais imaginé qu'il pût y avoir au monde merveille aussi nue. L'ayant entendue se plaindre que ses seins étaient tout seuls, il courut lui dire qu'il essaierait de faire pour le mieux et jamais on ne le revit à la ferme.

L'œil en feu et les mains crispées, Barbe l'attendit jusqu'après minuit, et voyant qu'il ne rentrait pas, qu'il s'était enfui comme l'autre, elle se coucha sans pouvoir trouver le sommeil, dévorée qu'elle était par tous les démons de la concupiscence. Il lui sembla qu'il n'y aurait jamais assez d'hommes sur la terre pour apaiser sa frénésie, et la vérité, c'est qu'elle avait envie d'un homme qui fût un peu nouveau pour elle. C'est pourquoi elle en vint à concevoir le plus triste dessein.

Le lendemain, le curé se promenait dans son jardin en lisant son bréviaire, lorsqu'il se trouva, au détour d'une allée, presque nez à nez avec Barbe qui ajustait haut sa jarretière en le regardant aux yeux avec une façon perverse. Il fut pris d'un vertige et sentit la salive lui manquer. Un parfum d'aisselles, qui se composait avec celui des fleurs, lui ôta le moyen de prier, et il se jugea perdu. Ce qui était abominable, mais bien séduisant aussi, c'est qu'autour de Barbe, l'air vibrait en friselis, comme il fait au-dessus d'un foyer ardent. D'une voix humide et gourmande, Barbe se mit à chuchoter des choses qu'il devait mettre cinq ans à désapprendre. Sur le point de succomber, il eut la chance que sa servante l'appelât par la fenêtre pour goûter d'un vin de messe qu'on venait de livrer. Alors, il traversa le jardin en courant, enfourcha sa bécane, et pédalant tout d'une haleine jusqu'au champ où travaillait Noël :

— Il faut lui trouver un homme tout de suite ! cria-t-il. Un époux !

— Et à qui donc, monsieur le curé?

— Mais à Barbe, voyons!

Noël prit sa liste et vit qu'en face du nom de Barbe, le premier maintenant avant celui de Charlotte, il y avait déjà deux croix.

— Je me rappellerai, promit le bonhomme. Aussitôt qu'on aura rentré les foins...

— Non! aujourd'hui même et tout de suite! Je pars avec vous.

Noël se défendit, mais le curé le pressa si fort qu'il alla détacher son âne. Il ne leur fallut pas plus d'une journée pour trouver un homme. C'était un gendarme en congé, qui mesurait un mètre quatre-vingt-quinze et qui mangeait comme plusieurs personnes. Barbe lui parut une belle fille, il ne se gêna pas pour le dire. De son côté, elle trouva qu'il était bien joli homme, avec ses grandes moustaches noires et sa taille cuirassière. Le soir même de son arrivée, elle était si bien résolue à l'épouser que douze de ses sœurs furent obligées de monter la garde auprès d'elle pour qu'elle n'offrît pas tout à l'abord ce que les fiancés attendent justement du mariage. Le gendarme mordait ses moustaches en roulant de gros yeux, et l'on voyait qu'il était ému.

Le lendemain matin, les sœurs Tournebise achevaient de boire leur café, et comme le gendarme entrait dans la cuisine, Noël déplia sa liste. Le premier nom en commençant par le haut était celui de Charlotte, et au moment de l'appeler, il eut une seconde d'hésitation et comme une gêne sur le bout de la langue. Il le prononça néanmoins, et après lui, ceux de Claudine, Dorothée, et jusqu'à celui de Véronique, le dernier. Et quand il eut fini d'appeler, l'on entendit une sorte de soupir dans la maison. Cela ressemblait au ronflement que produit un soufflet de forge, mais tel quel, c'était encore le soupir d'une ombre, et le gendarme, qui n'était guère habitué au commerce des ombres, ne l'entendit pas du tout.

— Il va falloir mettre une marmite d'eau sur le feu, dit Guillaumette.

Elle n'eut pas plutôt dit que la marmite se trouva sur le foyer; et personne ne prit garde à la chose. Cependant, Noël demandait au gendarme comment il avait passé la nuit, et s'il était toujours aussi amoureux.

— Mais rappelez-moi donc le nom de celle que vous avez choisie?

Le gendarme était bien empêché de le lui dire, et pour cause. Il examina longuement toutes les sœurs, et après avoir hésité entre Lucienne et Marie-Louise, il finit par désigner Guillaumette. Alors, on entendit un grand rugissement dans la cuisine.

— Pardon! s'écria une voix. Je prétends que je suis là!

— Qui donc parle si haut? demanda Noël en regardant autour de lui.

Il ne put obtenir de réponse et dit au gendarme :

— J'avais cru reconnaître... mais non, ce n'est rien, ça ne compte pas!

— Ça ne compte pas? reprit la voix. Je vous le

demande, gendarme, est-ce que tout ça ne compte pas?

Et sous les mains tâtonnantes du gendarme extasié, la famille Tournebise vit une ombre qui prenait corps. C'était une forme généreuse, amplement rebondie, et tout autour d'elle, l'air ardent vibrait en friselis.

— Comme c'est plein, murmurait le gendarme, et chaud à la main.

— Enfin, quoi, tout de même!

Noël était bien étonné, car il était sûr de reconnaître l'une de ses filles. Il fit encore une fois l'appel, mais sans pouvoir mettre un nom sur cette physionomie familière, et il commença à considérer sa liste avec un air soupçonneux. Enfin, comme il tirait sa montre de sa poche, il aperçut une languette de papier prise dans le boîtier.

— Barbe 90! s'écria-t-il en versant des larmes de joie.

Les noces de Barbe Tournebise furent touchantes et belles. Elle avait voulu qu'y fussent conviés tous les hommes qui lui devaient un moment d'oubli et l'église ne fut pas assez grande pour en contenir seulement la moitié. Le soir même de son mariage, le gendarme recevait la nouvelle qu'il était nommé à un poste d'honneur, dans une colonie d'Afrique où la beauté de son épouse connut encore de justes hommages.

Noël fit recopier sa liste en trois exemplaires, sur un papier parcheminé, et n'égara plus aucun nom.

Depuis le départ de Barbe, les filles Tournebise étaient si honnêtes et si pures, que le curé les proposait en exemple à ses autres paroissiennes. Et comme la vertu est la plus belle des parures, elles trouvèrent facilement à se marier.

DEUX VICTIMES

Après avoir marché toute sa vie dans les chemins malaisés de la vertu, M. Vachelin, alors qu'il atteignait sa cinquante-neuvième année, fut tenté par le diable d'une manière habile, et son sens aiguisé de la dialectique le sauva du piège infernal. Il mourut deux ans plus tard d'un transport au cerveau, et l'on s'accorde à penser qu'il est maintenant au paradis. L'art de la dialectique est rarement un moyen de faire son salut, les plus savants docteurs y perdent souvent leurs âmes, et le cas de M. Vachelin est d'autant plus remarquable. En effet, ni le commerce de la quincaillerie, ni la pêche à la ligne à laquelle il se livrait depuis qu'il était retiré des affaires, n'avaient préparé cet honnête homme à une escrime aussi subtile.

M. Vachelin chérissait la vertu et s'y exerçait sans vaine ostentation, mais avec une constance qui était un exemple pour sa famille et pour toutes les personnes de bonne volonté qu'il honorait de son amitié. Il ne devait pas un sou à personne, et sa justice n'était jamais en défaut; on en citait des traits dans le voisinage, entre autres qu'il avait refusé, à certaines élections cantonales, de donner sa voix à un candidat qui entretenait des relations suspectes avec une femme sans conduite. Mais c'est aux résultats qu'on apprécie vraiment l'excellence des principes sur lesquels un homme a fondé son existence. L'ordonnance de sa vie familiale témoignait assez que M. Vachelin était une âme d'élite. Son épouse, obéissante, économe, bonne ménagère, se plaisait à reconnaître l'autorité de son maître. Elle l'avait secondé sans faiblesse dans la tâche d'élever leurs deux enfants, Lucien et Valérie. La sévérité vigilante du père, l'exemple de sa vie de droiture, avaient porté leurs fruits. Valérie, dans sa dix-huitième année, était une agréable jeune fille, entendue aux choses du ménage, pianiste têtue, et qui ne devait guère tarder de se marier. Pour Lucien, il s'était toujours montré si raisonnable que son père avait pu l'envoyer sans la moindre inquiétude à Orléans faire ses études de médecine. Il avait échoué à son dernier examen, mais il était croyable que la chance lui avait été contraire.

M. Vachelin fut tenté par le diable un matin qu'il prenait son petit déjeuner sous la tonnelle du jardin. Tout en déjeunant, il faisait son examen de conscience ; comme d'habitude, ses pensées étaient bonnes, et ses actions conformes à ses pensées. Au lieu de s'enorgueillir, il remerciait Dieu de l'avoir fait naître juste et bon, avec le jugement sain. Cependant, l'épreuve était en route, elle arriva au courrier du matin. Au premier regard qu'il jeta sur l'enveloppe, M. Vachelin s'étonna de recevoir d'Orléans une lettre qui ne fût pas de son fils, mais il l'ouvrit sans appréhension, car sa conscience était si pure que son univers domestique lui semblait graviter autour de sa personne dans une harmonie définitive. Dès les premières lignes, son cœur se serra, et à mesure qu'il lisait, les ténèbres d'une nuit sans étoiles obscurcissaient sa conscience. La lettre était écrite de main de femme ; une mère outragée demandait justice et réparation :

« Monsieur,

« Puisque votre fils Lucien ne se décide pas à vous faire des confidences, je viens vous informer d'une situation qui m'a été révélée lundi dernier. Avant de vous parler de ma fille, je tiens à vous dire d'abord que nous sommes une famille honnête et respectée. Mon époux, décédé en 1924, des suites d'un accident de motocyclette, était un fonctionnaire bien noté, qui a gardé jusqu'à son dernier soupir l'estime de ses chefs, et quoiqu'il m'ait laissé une bien petite pension, j'ai réussi à élever notre petite Irène dans le goût du travail et des bonnes façons. Ayant eu moi-même le bonheur de m'éveiller à la vie dans une famille distinguée, je connais trop le prix d'une bonne éducation pour l'avoir privée d'un pareil bienfait. Avant de l'envoyer faire son apprentissage de modiste, j'ai veillé à lui faire donner l'instruction qu'il faut, et je l'ai initiée moi-même à tous les travaux du ménage, dont la connaissance est indispensable à une jeune femme

pour tenir coquettement l'intérieur de son mari.
Sous ce rapport-là, Irène n'a donc rien à envier à
des jeunes filles plus fortunées. Il est certain que si
mon époux avait vécu, elle n'aurait pas été modiste,
mais le passé est le passé et ma conscience de mère ne
peut rien me reprocher. L'année dernière, au mois de
novembre, ma petite Irène faisait la connaissance
de votre fils Lucien, qui était venu l'attendre,
d'abord sans succès, à la sortie de son atelier. Irène
a toujours été une fillette timide, sans défense
devant les dangers de l'existence, et les étudiants en
médecine aiment bien s'amuser (remarquez que je
ne les blâme pas, je comprends bien ce que c'est
que des étudiants). Nos deux enfants se sont donné
des rendez-vous dans la rue, ils sont allés au bal
ensemble, Irène est montée plusieurs fois, sans
penser à mal, dans la chambre de votre fils. La
fatalité était en marche, l'amour devait faire son
œuvre, et à présent, il est trop tard pour regretter :
Irène en est à son cinquième mois de grossesse.
Dès que j'ai eu connaissance de la chose, je suis
allée trouver Lucien, qui s'est montré tout de suite
un garçon raisonnable et loyal. Il adore ma fille et
ne demande qu'à l'épouser aussitôt qu'il aura votre
consentement. Vous me direz qu'Irène n'a pas de
dot, et c'est la vérité. Mais je sais par Lucien que
vous êtes un homme à principes, à cheval sur votre
devoir, et aussi que vous êtes assez à votre aise pour
que la question de fortune ne vous embarrasse pas.
C'est pourquoi je vous demande de faire le

nécessaire et d'unir nos deux enfants avant la naissance de notre petit-fils... »

A la place de M. Vachelin, plus d'un honnête homme se fût contenté de déchirer la lettre. D'habitude, les pères ont bientôt réglé ces sortes d'affaires ; ils s'indignent d'abord de la maladresse de leur fils, et puis ils disent que la victime est une petite effrontée qui a voulu abuser de la candeur d'un garçon pour se glisser frauduleusement dans le sein d'une famille aisée. Ils ajoutent qu'avec eux, ça ne prend pas du tout. Mais M. Vachelin était épris de justice, c'est pourquoi il se sentait accablé. Comme il relisait la lettre, un rire frais résonna à l'autre bout du jardin, et il aperçut, à travers le feuillage de la tonnelle, sa fille Valérie qui coupait des poireaux. Il en eut la gorge serrée de tendresse. Fermant les yeux, il songea à sa maison confortablement installée, mais sans luxe inutile, à son jardin, où les fleurs tenaient une place modeste, à la réputation sans tache de sa famille, à tout ce qui avait fait le bonheur d'un juste. Et, regardant d'autre part l'inconduite de son fils Lucien, il eut un élan de révolte. Aussitôt, il se fit honte d'une pareille faiblesse, et écouta la voix de sa conscience. Ce n'était pas une voix pressante, mais il l'entendait assez distinctement pour que sa résolution fût prise : Lucien épouserait l'apprentie modiste, comme son devoir l'y obligeait.

Le malheureux père ne se dissimulait pas combien cette union était regrettable. Elle compromettait gravement l'avenir de son fils. En épousant une jeune fille sans dot, et peut-être sans orthographe, Lucien ne pouvait prétendre qu'à être médecin de campagne ou de petite ville, car les carrières glorieuses, comme de spécialiste des voies urinaires ou du larynx, ne s'ouvrent pas aux premiers venus, mais aux jeunes praticiens dont les femmes apportent du comptant et des espérances. C'est la vie, et l'on n'y peut rien, pas plus qu'on ne peut étouffer la voix impérieuse de la conscience. Tandis qu'il considérait le problème, et le retournait dans la lumière triste des réalités, il lui vint un doute sur la sagesse de sa résolution. Il n'était plus très sûr que son devoir lui imposât de marier son fils. Pourtant, il restait décidé à ne pas transiger avec sa conscience, et il en donna d'abord la preuve en murmurant ces paroles d'indignation, qui étaient un hommage à la vertu :

— Voyou!... un voyou et un cochon! voilà ce que mon fils est devenu là-bas!

Dans son honnêteté, il ne songea pas une minute à jeter la pierre à la malheureuse Irène, victime douloureuse et tendre de son inexpérience. Au contraire, il exécra le crime de Lucien qu'il regarda comme le seul responsable. A ses yeux, il n'y avait point de circonstance atténuante qui valût pour un garçon instruit, de bonne famille, et enseigné par son père dans l'amour du bien. M. Vachelin sentait bouillonner en lui une colère de justicier contre ce fils indigne, et il ne songea plus qu'aux moyens de punir le vice. C'est pourquoi il s'interdit de marier

Lucien avec l'apprentie. En effet, le séducteur (et la lettre le disait expressément) adorait sa victime et ne demandait qu'à l'épouser. En consentant à cette union-là, M. Vachelin eût récompensé le coupable, ce qui était pire que de l'absoudre, et contrarié les desseins de la Providence, lesquels ne pouvaient être que de châtier le criminel.

Restait la victime. Elle était touchante, M. Vachelin en tombait d'accord, mais enfin, son cas n'était pas désespéré. « Dieu merci, songeait-il je ne suis pas de ces bourgeois aux idées étroites, qui considèrent qu'une jeune fille est déshonorée parce qu'elle a un enfant. Cette petite-là est jeune ; elle peut espérer, avec du courage et une bonne conduite, se marier plus tard avec un brave garçon qui l'aidera à élever son enfant. Pour moi, je le désire de tout mon cœur. »

M. Vachelin était trop prudent pour trancher, sur une argumentation aussi hâtive, un débat de cette importance. Il était encore hésitant sur le parti à prendre ; mais sa méditation avait donné quelque répit à son inquiétude, et il en profita pour aller chercher son attirail de pêche dans le vestibule de la maison. Traversant le jardin, il baisa au front sa fille Valérie, et descendit vers la rivière.

Pendant une semaine, le malheureux père pêcha à la ligne du matin au soir, et il ne prit jamais autant de poissons que dans ces quelques jours-là. Le temps n'apaisait pas sa grande soif de justice ; la faute de Lucien lui paraissait toujours aussi détes-

table, et il demeurait inflexible dans sa volonté de
punir.

« La séparation brutale sera pour lui le pire des
châtiments », songeait-il.

Puis, se laissant surprendre par un mouvement
de pitié, il se laissait aller à soupirer :

— Il vaudrait mieux, pourtant, que cette malheureuse fille épousât le père de son enfant... mais
que devient la justice dans cette conjonction?

Un soir qu'il pêchait, plus attentif aux tourments
de sa conscience qu'au flotteur de sa ligne, une
brise froide se mit à souffler sur la vallée; la cloche
du bourg tinta pour l'angélus. Inspiré par la
tendresse de cette heure céleste, M. Vachelin murmura :

— Dieu me montrera la voie. Lui seul peut
m'éclairer.

Aussitôt, il se sentit bien mieux. Une grande paix
descendit dans son cœur, et, comprenant qu'il
agissait sagement en abandonnant au ciel le soin de
choisir, il se félicita de sa modestie, et décida de
laisser l'affaire en sommeil.

*

Une deuxième épreuve, et celle-là décisive, était
réservée à M. Vachelin. Un matin qu'il venait
d'achever son petit déjeuner, M. Vachelin reçut
une lettre, comme l'autre timbrée d'Orléans, mais
d'une écriture inconnue. L'adresse était tracée
d'une main malhabile, et pensant tout d'abord que

ce fût un message envoyé par la malheureuse Irène, le père trembla un instant à la vue de cette écriture enfantine qui dénonçait une instruction peu soignée. Il fut détrompé après un coup d'œil à la signature. La lettre avait été rédigée par une certaine Léontine Michelon, et dans les termes suivants :

« Cher Monsieur,

« Je vous appelle cher Monsieur malgré que je ne vous connaisse pas, mais c'est parce que j'ai le droit de me considérer comme la fiancée de votre fils. Voilà comment les choses se sont passées : tous les soirs après dîner, M. Lucien venait prendre son petit bock au café des Trois-Boules, où j'étais serveuse. Je crois qu'il m'avait remarquée du premier jour qu'il était venu avec plusieurs de ses copains. La preuve en est qu'il est revenu le lendemain et qu'il avait une façon plutôt agréable de me regarder. De mon côté, je vous dirai qu'il m'a plu presque tout de suite, mais je n'ai fait semblant de rien, parce que j'avais ma fierté. On se disait des petits mots en passant, et je dois reconnaître que M. Lucien s'est toujours montré poli. Mais vous savez ce que c'est, un soir que j'étais de campos, il m'a demandé d'aller au cinéma avec lui, et il m'a donné rendez-vous dans sa chambre. Je n'ai pas à vous dire ce qui s'est passé, l'amour n'est jamais la faute de personne. Toujours est-il que je suis pour avoir un enfant de M. Lucien. Je pense que vous en serez content, malgré la surprise, et c'est pourquoi je me suis décidée à vous écrire. Je n'ai pas revu M. Lucien depuis que je lui ai annoncé la chose, et je compte sur vous pour lui rappeler ce qu'il doit faire. Il y a des témoins comme quoi il est le père de mon enfant, qui bouge déjà, et je ne suis pas embarrassée de le prouver. Je prétends que votre fils m'épouse, et avant la naissance de l'enfant, bien entendu, parce que je n'ai pas envie de me faire traiter plus bas que terre par tous ceux qui me connaissent. Je suis une femme honnête, et malgré que j'aie neuf ans de plus que M. Lucien, je me charge de le rendre heureux aussi bien que n'importe laquelle. J'espère que vous voudrez bien vous presser un peu d'arranger les affaires, pour ne pas vous attirer des ennuis ainsi qu'à votre fils, et je vous envoie mes salutations affectueuses. »

— Mon fils ne m'aura rien épargné, murmura M. Vachelin, j'aurai bu le calice jusqu'à la lie.

Il fit venir sa femme et dit en lui tendant la lettre :

— Ma bonne amie, j'aurais voulu t'épargner un grand chagrin, mais la conduite de Lucien est telle que je n'ai plus le droit de la laisser ignorer. Il faut que tu le saches, tu as donné le jour à un débauché.

Mme Vachelin prit la lettre en tremblant, et après qu'elle en eut pris connaissance, s'écria d'une voix sauvage, avec la faiblesse touchante qu'ont les mères pour leurs fils :

— Cette fille-là est une saleté! c'est elle qui a

débauché notre petit Lucien! jamais le pauvre enfant n'aurait pensé au mal, si une créature de cabaret ne l'avait pas entraîné!

Mais lui, le père, il secouait la tête, parce qu'il était avant tout un homme juste.

— Non, ma pauvre amie, ne cherche pas d'excuse à Lucien, il ne mérite pas que tu prennes sa défense. Il faut savoir être juste, même avec les siens. Ce misérable est ce que nous appelons entre hommes un sadique...

— Oh! un enfant si affectueux...

— Je dis un sadique et un porc, qui a profité de sa liberté d'étudiant pour se laisser aller à ses mauvais penchants. Tu vois de quelle façon il a tenu compte de mes enseignements, mais avec une nature vicieuse, les bons conseils ne sont jamais que des paroles en l'air. Et pourtant, tu te souviens... lui ai-je assez dit, quand je le surprenais à flâner : « L'oisiveté est la mère de tous les vices »... Lui ai-je assez répété : « Ne fais jamais à autrui ce que tu ne voudrais pas qu'on te fît »... et voilà le résultat, il séduit une pauvre fille sans défense.

— Sans défense? une fille de café qui a neuf ans de plus que lui! comment peux-tu dire... mais voyons, réfléchis que Lucien est encore un mineur! Cette vilaine femme a mérité la prison! un mineur...

— Évidemment, Lucien est mineur, et je veux bien que l'excuse soit valable aux yeux de la loi, mais un homme de cœur n'accable pas une malheureuse avec ces raisons-là. Car cette fille a été séduite, et Lucien n'est qu'un séducteur!

Mme Vachelin protesta, il lui tendit une autre lettre qu'il tira de sa poche :

— Tu ne connais pas encore toute la vérité... Tiens, lis cette première lettre que j'ai reçue il y a tout juste huit jours.

A ce coup-là, Mme Vachelin demeura sans voix un long moment. Elle se ressaisit pour plaider encore la cause de son fils :

— Qui sait si ces deux filles, dans un but intéressé, n'ont pas cherché le déshonneur...

M. Vachelin ne put en entendre davantage. Penché sur la table, il s'écria l'œil en feu et la voix courroucée :

— Oses-tu bien parler du déshonneur de ces pauvres filles? le malheur qui les frappe ne les rend-il pas assez dignes de respect? Pour moi, je me découvre bien bas devant elles, quoi qu'on en puisse dire. Je ne crains pas non plus d'affirmer que le déshonneur est pour Lucien, et pour lui seul! Mon devoir d'honnête homme est de te mettre en garde contre un mouvement d'indulgence à l'égard d'un fils indigne dont les déportements ne méritent pas le pardon! et je t'invite à réserver toute ta pitié, je dirai même ta tendresse, pour les deux victimes de ce misérable. Et quant à Lucien, il est juste qu'il supporte toutes les conséquences de ses turpitudes.

Sur ces mots, M. Vachelin se leva de table, et son visage avait une expression si terrible, sa justice s'y manifestait avec tant d'austère volonté, que l'épouse n'osa l'interroger sur ses intentions. Par la fenêtre ouverte du salon, s'envolaient dans l'air pur du matin, les gammes que Valérie jouait sur son piano. Les oiseaux chantaient dans les espaliers. Le père douloureux s'éloigna d'un pas ferme vers la maison, prit ses perches de ligne qu'il avait rangées la veille dans le vestibule, et gagna un coin d'ombre au bord de la rivière.

★

Assis sur son pliant, le dos calé par le tronc d'un saule, M. Vachelin pêchait à la ligne et peut-être qu'il ne voyait pas son bouchon. En effet, il se frappait la poitrine, par la pensée, car il ne pouvait le faire en réalité : des voisins auraient pu le voir et croire qu'il était fou. Et en pensée, il pleurait aussi des larmes de sang et de remords.

« Je suis un misérable, se disait M. Vachelin, un misérable et un méchant homme. Au reçu de la première lettre qui m'apprenait l'état de la malheureuse Irène, je me suis laissé surprendre par de fausses apparences, et au mépris de toute justice, j'ai décidé que Lucien n'épouserait pas cette petite. Par le détour d'un raisonnement perfide, j'ai pu sacrifier à mon amour paternel la justice et la vérité. Je pensais hypocritement : " Lucien ne l'épousera pas, ce sera pour lui la pire punition ", et au fond de moi-même, je me réjouissais de ce que sa carrière de médecin ne dût

pas être gênée par un enfant et une fille sans le sou.
Je ne songeais qu'à punir, alors qu'il s'agissait
d'abord de réparer. D'ailleurs, le véritable châtiment pour Lucien ne serait-il pas, justement, que
sa faute l'empêchât de réaliser ses ambitions? On
en peut discuter. En tout cas, ce qui importait, ce
que je n'ai pas voulu voir, c'est qu'il devait réparer
ses torts envers la victime. Tout à l'heure encore,
avant de recevoir la lettre de la servante, je me
refusais à l'évidence, et avec quelle mauvaise foi,
sous de faux-semblants d'indignation! Hélas! il
n'aura fallu rien de moins que cette deuxième
épreuve pour m'ouvrir les yeux, me montrer où
était le devoir. Et je me flattais d'être un homme
juste, probe! Après avoir péché avec orgueil, j'ai
péché par hypocrisie... »

Tandis qu'il s'accusait avec une telle humilité,
Mme Vachelin épluchait les légumes pour le repas
de midi et ne pouvait retenir ses sanglots. Son
désespoir devint si lourd qu'elle ne put supporter
plus longtemps la solitude et qu'elle alla chercher
un réconfort auprès de sa fille. A la vue de ce visage
en pleurs, Valérie interrompit ses gammes et
s'écria, toute bouleversée :

— Mon Dieu! il est arrivé quelque chose!

— Valérie, ton pauvre frère...

— Lucien est malade!

La mère secoua la tête, et murmura bien bas,
penchée sur Valérie :

— Lucien a eu des aventures... je ne devrais pas
te le dire... il a eu des aventures avec des femmes...

La jeune fille rougit, son regard se détourna sur la partition restée ouverte. Mme Vachelin poursuivit :

— Il a eu tort, bien sûr... pour sa famille, pour lui-même, pour ses études, il ne devait pas... Mais à présent, le mal est fait, ton père est au courant, et j'ai peur de sa colère. Ton père est bon, la bonté même, tu le connais... mais c'est un homme sévère, qui ne connaît que son devoir : il ne pardonnera pas à Lucien...

— Je lui parlerai, il comprendra que Lucien regrette sa conduite.

Mme Vachelin eut un sanglot plus douloureux et balbutia :

— Ah! si tu l'avais vu, tout à l'heure, s'en aller à la pêche...

Valérie avait quitté le tabouret du piano. Elle se jeta dans les bras de sa mère, et les deux femmes, mêlant leurs larmes, pleurèrent tête contre tête jusqu'à une heure avancée.

M. Vachelin rentra de la pêche à midi. Il avait pris un gardon, une petite tanche et trois ablettes. Valérie et sa mère, les yeux rouges encore, l'attendaient au seuil de la maison. Et lui, comme si rien ne se fût passé, leur dit d'une voix tranquille :

— Ça n'a pas mordu aussi fort que j'aurais cru. Je me demande si je n'ai pas eu tort de vouloir pêcher au blé cuit.

Ce calme terrible d'un homme qui avait le cœur broyé, fit frémir les deux femmes. Il se mit à table et mangea de bon appétit, reprenant deux fois du

rôti et du fromage. C'était un spectacle à la fois
admirable et navrant. Vers la fin du repas, sa
femme fit encore une tentative pour le fléchir, et
interrogea d'une voix tremblante :

— Avant de prendre une décision au sujet de
notre pauvre Lucien, as-tu bien réfléchi à ce qui
peut arriver...

— Toutes mes dispositions sont arrêtées, il n'y a
pas à y revenir. Lucien s'est conduit de façon
ignoble, il doit payer et il paiera. Rien ne peut
maintenant changer ma décision.

— Laisse-moi te dire encore qu'il y va de
l'avenir de Lucien...

— Ne me parlez plus de ce misérable. D'ailleurs, ce n'est pas le sujet d'une conversation à tenir
devant une jeune fille.

De crainte et de confusion, Valérie rougit, mais
n'écoutant que son cœur fraternel, elle déclara
courageusement :

— Je ne sais pas au juste ce que vous reprochez
à Lucien, je sais simplement qu'il a mal agi, et je
vous demande de lui pardonner pour cette fois. Je
serais trop malheureuse à la pensée qu'il pût
souffrir, si loin de nous, à Orléans...

Alors, M. Vachelin, laissant paraître sa colère,
interrompit sa fille :

— Tu es trop généreuse pour ce garçon sans
cœur ! Est-ce qu'il s'est soucié, lui, si sa conduite
pouvait nuire à sa sœur ? et si le scandale risquait de
l'éclabousser ? Tu avais la certitude d'être fiancée
avec le fils Bergeron au début de l'automne. Qui

sait, maintenant, si les fiançailles ne seront pas retardées, et qui peut dire de combien de mois?

La jeune fille pâlit tout à coup, et poussant un faible cri, quitta la salle à manger pour aller cacher son désespoir dans un coin du jardin. M. Vachelin regarda sa femme qui pleurait en silence, et haussa les épaules.

— Voilà les conséquences d'une mauvaise conduite : une jeune fille irréprochable, menacée dans son affection et dans son avenir par l'indignité d'un frère aîné... Et tu veux que je pardonne à ce jeune monstre? mille fois non! Je saurai l'obliger à rentrer dans le devoir. Tant pis pour lui, il l'aura voulu.

*

Après le repas, M. Vachelin alla s'étendre sur son lit pour la sieste quotidienne et dormit tout d'un somme jusqu'à quatre heures. Cependant, les deux femmes, dans l'espoir qu'elles pourraient fléchir son courroux par de menues attentions, lui préparaient son attirail de pêche. La mère faisait cuire une pâtée de son, excellente pour attirer le poisson, et Valérie déterrait, dans le jardin, de très beaux vers de terre, rouges et minces comme son père les aimait.

A son réveil, M. Vachelin fit le tour du potager pour se dégourdir l'esprit et les jambes. Comme il revenait vers la maison, sa femme lui dit en montrant les perches de ligne appuyées contre le mur :

— Tout est prêt. J'ai mis deux lignes n⁰ 5 dans
ton panier. J'ai fait aussi une bonne pâtée de son,
pas trop cuite. Tu la trouveras dans une boîte
blanche que j'ai mise dans la musette à côté de ton
goûter.

— Et moi, dit Valérie, j'ai réussi à trouver
quatorze vers bien rouges. Le terrain était sec, il a
fallu creuser...

Attendri, M. Vachelin les écoutait, et ses regards
se posaient, mélancoliques, sur ses lignes et ses
paniers. Il détourna les yeux et secoua la tête.

— Je n'irai pas à la pêche tantôt, dit-il avec une
douceur pleine de fermeté.

— Mon Dieu! il n'ira pas à la pêche...

— Non, et je vous demanderai de me laisser seul
dans la salle à manger jusqu'à l'heure du dîner. Les
vers seront encore très bons demain matin si vous
prenez la précaution de leur donner un peu de terre
humide. Mais auparavant, voulez-vous voir si
l'encrier est rempli et s'il y a encore une bonne
plume au porte-plume? J'aurai besoin aussi d'un
buvard frais.

Quand elles eurent tout préparé, M. Vachelin
s'enferma dans la salle à manger, et après qu'il eut
fait encore une fois son examen de conscience,
commença d'écrire :

« Mon fils,

« Tu ne mérites plus que je t'appelle mon fils,
mais je ne puis oublier d'un seul coup, et malgré

ma colère, les trésors d'affection que je t'ai toujours dispensés. Avant de te faire les reproches que tu mérites pour ce double accident qui jette toute la famille dans un accablement douloureux, je veux d'abord dégager mes responsabilités. Si ta nature vicieuse a prévalu contre mes bons enseignements, je n'y suis pour rien. Tout au plus puis-je me reprocher d'avoir péché par un excès de confiance à ton égard, et tu peux être certain qu'on ne m'y prendra plus. Je comprends, à présent, les raisons de ton échec au dernier examen, que j'avais mis généreusement sur le compte de la mauvaise chance. Ce n'est pas en courant les jupons et les cabarets que l'on se prépare à une carrière hono- rable. Je ne sais comment qualifier ta mauvaise volonté à profiter des sacrifices que je m'impose pour tes études de médecine. Mais, puisque tu portes mon nom, je ne veux pas avoir à rougir de toi, et j'entends que tu marches droit en prenant modèle sur tes parents et sur ta sœur Valérie qui joue, avec le fils Bergeron, du piano à quatre mains pour le bon motif.

« Je n'ai pas besoin de te dire dans quelle stupeur indignée nous a plongés, ta mère et moi, la nouvelle que tu avais débauché une innocente petite modiste. Petit malheureux, au moment d'accom- plir une action aussi coupable, comment n'as-tu pas songé à ta famille? Il faut qu'un fils soit dépourvu de toute espèce de sentiments pour se laisser entraîner ainsi par ses instincts les plus bas. Tout cela, du moins, était, dans une certaine

mesure, réparable. Mais que dire de notre désespoir et de notre dégoût en apprenant que cette
jeune fille n'était pas ta seule victime, et qu'une
brave servante portait dans son ventre le fruit de ta
conduite odieuse? Je préfère ne pas insister, car je
me méfie de ma colère.

« On peut dire que dans cette disgrâce, c'est pour
toi une chance inespérée d'avoir fait en même
temps le malheur de ces deux pauvres filles. Tu
connais la rigueur de mes principes, et qu'elle s'est
toujours montrée dans la conduite de mes affaires :
si tu n'avais séduit qu'une seule de ces malheureuses, je t'aurais sans autre forme obligé à
l'épouser, dût ta carrière de médecin en être
compromise et même sacrifiée. Mais un scrupule
d'équité, bien compréhensible, m'empêche de
favoriser l'une ou l'autre de ces victimes, et me fait
un devoir de les ignorer toutes les deux. Du moins,
si la justice exige que tu ne les revoies jamais, tu
trouveras d'abord ta punition dans le remords
d'avoir précipité ces innocentes vers un abîme de
maux bien cruels. Essaie d'imaginer quelle sera
désormais l'existence misérable, difficile, de ces
jeunes mères si dignes de notre commisération et
de notre respect. Imagine leurs angoisses, et que
cela te serve de leçon!

« Mais ton châtiment ne serait pas complet, s'il
ne t'atteignait pas plus personnellement. J'ai donc
décidé de réduire à la somme de dix francs les cent
cinquante francs que je t'allouais mensuellement
pour tes menues dépenses. Ainsi, tu n'auras plus le

moyen de céder aux dangereuses tentations qu'une bourse bien garnie propose aux jeunes gens de ton âge, et ton travail en ira mieux. Je n'ai plus rien à ajouter.

« Ton père : R. VACHELIN. »

RUE SAINT-SULPICE

Normat était fabricant d'images de piété. Il avait quatre mètres de vitrine dans la rue Saint-Sulpice et des ateliers de photographie donnant sur l'arrière-cour. Un matin, après avoir consulté les statistiques de la vente, il prit le cornet acoustique le reliant à l'atelier H.

— Priez M. Aubinard de descendre immédiatement au magasin.

En attendant son chef d'atelier, M. Normat inscrivit des chiffres sur une feuille de papier brouillon.

— Monsieur Aubinard, je vous ai fait appeler pour vous communiquer les dernières statistiques de la vente. En ce qui concerne le rayon des Christs et celui des Saint Jean-Baptiste, elles sont mauvaises. Je dirai même qu'elles sont déplorables. Dans les six derniers mois, nous avons sorti 47 000 Jésus-adultes contre 68 000 écoulés pendant la même période de l'année dernière, et le débit des Saint Jean-Baptiste à baissé de 8 500. Notez que cette chute verticale suit de très près l'amélioration de notre aménagement photographique où nous avons, sur vos instances, engagé de lourdes dépenses.

Aubinard eut un geste de lassitude qui trahissait des préoccupations plus hautes que celles du patron.

— La crise, murmura-t-il d'une voix morne, c'est sûrement la crise.

M. Normat, le visage empourpré, quitta son fauteuil et marcha sur Aubinard avec un air menaçant.

— Non, monsieur. Il n'y a pas de crise dans le commerce des objets de piété. C'est un mensonge odieux. Comment osez-vous parler de crise pour nos spécialités, quand tous les honnêtes gens brûlent des cierges pour la reprise des affaires et essaient de se concilier le ciel par la présence de Notre-Seigneur?

Aubinard s'excusa, et M. Normat, regagnant son fauteuil, poursuivit :

— Monsieur Aubinard, vous jugerez vous-même que votre excuse est détestable quand je vous aurai prouvé que la maison n'a pas enregistré le moindre fléchissement dans la vente des autres sujets. Approchez, voyez les chiffres... Tenez, la Vierge en trois couleurs fait ses 15 000... L'Enfant-Jésus part toujours aussi régulièrement. Voyez le Saint Joseph, la Fuite en Égypte, la petite sœur Thérèse... je n'invente rien, les chiffres parlent d'eux-mêmes. Voilà Saint Pierre et voilà Saint Paul. Et vous pouvez regarder au hasard, même

parmi les saints plus spécialisés. Je lis ici : Saint
Antoine 2 715 l'année dernière, 2 809 cette année.
Vous voyez?

Aubinard, penché sur le fichier, risqua d'une
voix molle :

— On dit qu'il y a une désaffection du Christ...

— Ce sont des bruits ridicules. J'ai eu l'occasion
de parler l'autre jour à Gombette, de la rue
Bonaparte. Il m'a laissé entendre que le Christ
n'avait jamais été aussi fort.

Aubinard se redressa et fit quelques pas devant le
bureau du patron.

— Bien sûr, soupira-t-il, mais Gombette ne fait
que des reproductions du Louvre, il ne travaille pas
sur le vif, lui... Oh! je sais bien ce que vous allez
me dire : nos procédés photographiques sont au
point, nous arrivons à des prix excellents et il n'y a
pas de raisons pour que nos Christs ne se vendent
pas comme la Sainte Vierge ou la petite Sœur,
puisque nous les traitons avec les mêmes soins. Je
sais...

M. Normat considéra son chef d'atelier avec une
curiosité inquiète.

— Défaut de composition?

— Je ne suis pas d'hier soir dans le métier,
protesta Aubinard, et vous avez vu ce que j'ai fait
dans le Martyre de Saint Symphorien : il n'y a
peut-être pas eu deux réussites comme celle-là en
dehors de mon atelier.

— Alors?...

— Alors...

Aubinard donnait des signes d'impatience. Il explosa :

— Ce qu'il y a, c'est qu'on ne trouve plus un Christ sur la place de Paris! Fini, je vous dis, il n'y en a plus! Qui est-ce qui porte la barbe, aujourd'hui? Des députés ou des employés de ministère, et une douzaine de rapins qui ont des gueules de voyous. Vous cherchez un beau garçon dans la purée, bon. Je suppose que vous l'avez rencontré et qu'il accepte l'affaire. Vous perdez d'abord quinze jours en attendant qu'il lui vienne du poil au menton, et quand il a laissé pousser sa barbe, il a l'air d'un capucin rigoleur ou d'un pharmacien en deuil. On n'imagine pas ce qu'il peut y avoir de déchets... Tenez, rien que le mois dernier, j'en ai usé six, et pour ne rien faire de propre. Ah! ceux qui travaillent sur les apôtres ou sur les saintes ne connaissent pas ces ennuis-là. Le vieillard est toujours le vieillard, et les clients n'y regardent pas de trop près quand il s'agit d'un apôtre ; aussi bien, il ne manque pas de petites garces qui sachent vous prendre des airs de pucelles...

M. Normat allongea une moue ennuyée. Il n'aimait pas que le personnel de la maison s'exprimât dans un langage aussi cru.

Aubinard sentit la réprobation et reprit d'une voix plus posée :

— Un Christ doit être jeune, barbu et joli garçon. Vous me direz qu'il y en a? Ce n'est déjà pas si facile à trouver. Mais ce qui est plus rare, et ce qui est indispensable, c'est un homme qui ait le visage distingué et les yeux doux. Et il ne faut pas qu'il fasse purotin non plus, vous le savez aussi bien que moi : le public n'aime pas ce qui fait pauvre. Vous voyez que ce n'est pas commode. Depuis le temps que je cherche un sujet pareil, je finis par désespérer. Il n'en existe plus à Paris. Aussi, voyez mon dernier travail, le Jardin des Oliviers. C'est soigné, c'est fini, il n'y a rien à redire de ce côté-là, mais le modèle avait des yeux de bœuf, pas plus tourmentés que s'il prenait son apéritif. Avec ça, il avait fallu lui coller une barbe postiche, trop jeune qu'il était pour en avoir une à lui. Résultat, mon Christ a l'air d'un monsieur de la Comédie-Française, et il n'y a pas à dire qu'on puisse le retoucher. Quand le naturel n'y est pas...

— C'est certain.

— Et ce que je vous dis de mon Christ, je vous le dirais aussi bien de mon Saint Jean-Baptiste, barbe mise à part.

M. Normat, pensif, quitta son bureau et, les mains derrière le dos, arpenta nerveusement la boutique. Aubinard laissait errer dans la vitrine un regard vague et mélancolique, rêvant au visage idéal dont le dessin le poursuivait jusque dans son sommeil. Tout à coup, il eut une émotion violente : entre le portrait du pape et l'effigie de la petite Sœur Thérèse, le Christ soufflait une buée fine sur la glace de la vitrine. Il avait un faux col dur et un chapeau mou, mais Aubinard ne s'y trompa point ; il courut à la porte d'entrée, fit un pas sur le trottoir et se trouva en face d'un homme frileux, au vêtement pauvre, mais décent ; son visage résigné, aux yeux tendres et sans ironie, était encadré d'une barbe fine. Aubinard, immobile devant la porte, le dévorait du regard. L'homme sentit ce regard insistant, il baissa la tête, eut un mouvement peureux et fit un pas pour s'éloigner. Aubinard fit un bond de fauve, et le saisissant par le bras, lui fit faire volte-face, mais l'inconnu leva sur lui des yeux si craintifs, si douloureux, que le chef d'atelier fut bouleversé.

— Je vous demande pardon, balbutia-t-il, je vous ai peut-être fait mal.

— Oh ! non, dit l'homme d'une voix douce.

Et il ajouta, avec une modestie mélancolique :

— J'en ai bien vu d'autres.

— C'est vrai, murmura Aubinard, qui était encore troublé.

Ils se regardèrent en silence. L'homme ne semblait même pas attendre une explication, comme s'il s'abandonnait à la suite d'une aventure nouée depuis le commencement des temps. Aubinard avait la gorge serrée par la pitié et par un remords inexplicable. Il proposa timidement :

— Il fait froid, ce matin... Vous avez peut-être froid. Si vous voulez entrer un moment.

— Oh ! oui, je veux bien.

Comme ils entraient, M. Normat jeta sur l'inconnu un regard soupçonneux et interrogea du fond de la boutique :

— Qu'est-ce que c'est ?

Aubinard ne répondit pas. Pourtant, il avait

entendu la question, mais il se sentait tout d'un
coup plein d'hostilité à l'égard du patron. Il
s'empressait autour de son hôte avec des préve-
nances qui irritaient M. Normat.

— Je suis sûr que vous êtes fatigué... si, si, très
fatigué. Venez vous asseoir là.

Avec précaution, il le conduisit vers le bureau et
le fit asseoir dans le fauteuil du patron. M. Normat
eut un haut-le-corps, et marchant vers son bureau,
répéta d'une voix hargneuse :

— Mais qu'est-ce que c'est?

— Alors, non. Vous ne voyez pas que c'est le
Christ? jeta Aubinard par-dessus son épaule avec
indignation.

M. Normat resta interloqué. Puis il dévisagea
l'homme qui avait pris place dans son fauteuil et
accorda :

— C'est vrai. Il a une bonne tête. Mais quand
même, ce n'est pas une raison...

Aubinard se tenait immobile devant le fauteuil,
souriant et heureux. M. Normat, agacé, lui dit
rudement :

— Et il marche, votre type?

Aubinard avait perdu de vue ses préoccupations
professionnelles. Les paroles du patron le remirent
au fait. Bien qu'il lui en coûtât, il examina son
modèle avec moins de désintéressement. « Les
traits un peu tirés, songea-t-il, mais ce n'est pas
mauvais, au contraire. Je suis sûr qu'il nous fera un
Ecce Homo de premier ordre. Pendant les premiers
jours, on le mettra en croix, après on en fera un

Jardin des Oliviers, et quand il se sera nourri, il me donnera des Bons Pasteurs, des Laissez venir à moi... » En quelques secondes, il eut évalué toutes les réussites évangéliques qu'il pourrait tirer de ce Christ inespéré. L'homme paraissait gêné du double examen dont il était l'objet. Son regard anxieux impressionnait encore Aubinard qui se sentait mal à l'aise pour l'interroger.

— Qu'est-ce que vous faisiez avant? interrogea M. Normat, et comment vous appelez-vous, d'abord?

— Machelier, monsieur, répondit l'inconnu d'une voix humble, comme pour faire oublier la première question.

M. Normat répéta le nom plusieurs fois pour s'assurer qu'il rendait un son honnête, et s'adressant à Aubinard :

— Tâchez de l'avoir à l'œil. Avec ces gens-là, on a toujours des surprises. On ne sait même pas d'où il sort.

Machelier eut un mouvement de colère et s'arracha du fauteuil.

— Je sors de prison, dit-il, je ne vous dois rien.

Il se dirigea vers la porte. Aubinard le rejoignit et le prenant par le bras, le remit dans le fauteuil du patron. Machelier se laissa faire sans résistance, étonné de sa propre audace. Songeant à ses statistiques, M. Normat regrettait son imprudence.

— Vingt francs par jour, proposa-t-il, ça vous irait?

Machelier ne parut pas entendre.

— Vous voulez vingt-cinq francs. C'est bien, on vous les donnera.

Machelier demeurait muet, affaissé sur son siège. Aubinard se pencha et lui dit doucement :

— Le patron vous propose vingt-cinq francs par jour. D'habitude, on ne donne que vingt francs. Allons, c'est dit ? Vingt-cinq francs... Venez avec moi à l'atelier. Le travail n'est pas difficile...

Les deux hommes quittèrent le magasin et, après avoir traversé une cour, s'engagèrent dans un escalier obscur.

— Ils m'ont donné six mois sans sursis, disait Machelier. Oh ! ce n'était pas trop pour ce que je leur avais fait. En prison, j'avais fait des économies, mais maintenant...

— On vous paiera tout à l'heure. Deux jours d'avance, si vous voulez.

Ils arrivaient à un palier. Machelier s'arrêta.

— J'ai faim, murmura-t-il.

Il était très pâle et semblait essoufflé. Aubinard hésita et faillit céder à un mouvement de pitié, mais il songea aux possibilités qu'offrait ce visage de Christ affamé, humilié, implorant. « Quand il aura mangé, ce ne sera déjà plus ça, se dit le chef d'atelier. Il faut en profiter et le mettre en croix tout de suite. »

— Un peu de patience, vous mangerez à midi. Il est déjà dix heures.

La première séance parut interminable au patient. Les poses sur la croix était fatigantes, et dans l'état de faiblesse où il se trouvait, presque

douloureuses. La seule vue des accessoires de son
martyre le dégoûtait. Aubinard paraissait ravi. Il le
lâcha vers une heure après midi et, après lui avoir
avancé cinquante francs, lui accorda un après-midi
de repos.

Machelier se mit en quête d'un restaurant où il
pût manger à bon marché. Lorsqu'il eut dévoré
deux portions de blanquette de veau, il lui vint un
peu d'orgueil. En coupant son fromage, il évoquait
un passé décent qui remontait à quelques mois
avant la prison; il était pianiste dans un café de
Montmartre; il avait des amis, les patrons lui
parlaient avec déférence. Quand il saluait le public,
il y avait des filles qui le regardaient avec amour.
Mais, pour son malheur, le violoniste avait des
cheveux noirs, brillants et ondulés. Avec ses
cheveux, il avait séduit une fille que Machelier
avait distinguée. Les violonistes entrent facilement
dans le cœur des femmes, ils caracolent sur
l'estrade, ondulent, piquent de la tête, font des
chatouilles distinguées sur la queue de leur instru-
ment et, dans les notes fuselées, quand ils ferment
les yeux en s'étirant du col, on a toujours envie de
leur regarder les pieds pour être sûr qu'ils ne
s'envolent pas. A la fin de faire valoir ses cheveux,
le violoniste avait couché avec la fille et, un jour
qu'il s'en vantait, Machelier lui avait entrouvert la
gorge avec une paire de ciseaux, le mettant à deux
doigts de mourir.

En achevant son repas, Machelier songeait
qu'après tout, le violoniste n'était pas mort, puis-

qu'il avait repris sa place à l'orchestre. Pourquoi lui, Machelier, ne trouverait-il pas un engagement. Ses six mois de prison n'empêchaient pas qu'il eût un grand talent. Il lui parut qu'il trahissait sa mission d'artiste en acceptant de se déshabiller dans un atelier de photographe. Il se persuada, dans l'optimisme de la digestion, qu'il trouverait sans difficulté un engagement, et décida que le lendemain il irait rendre au photographe les vingt-cinq francs qui lui avaient été avancés. En quittant le restaurant, il alla louer une chambre dans un hôtel de la rue de Seine et, tenté par la douceur du lit, remit au lendemain de chercher un emploi digne de son mérite. Son premier sommeil fut profond, et le mena jusqu'à minuit. Il s'éveilla et se rendormit presque aussitôt, mais d'un sommeil peuplé de cauchemars. Il rêva qu'il crucifiait le violoniste couronné d'épines, et que la Cour d'assises lui infligeait encore six mois de prison. Il s'éveilla en claquant des dents. La lumière du jour le rassurait à peine, et à l'amertume de ses remords du matin s'ajoutait le souvenir des supplices endurés sur la croix. Pourtant, sa résolution n'avait pas faibli. En montant à l'atelier H, il serrait dans sa poche les vingt-cinq francs qu'il se proposait de rendre à Aubinard.

Le chef l'accueillit avec amitié, presque avec déférence, et l'entraîna vers une table où étaient étalées des épreuves photographiques.

— Regardez... quel travail, hein? Vous pouvez

dire que vous avez été étonnant. Je n'exagère pas,
étonnant.

Machelier regarda longtemps les épreuves. Il
était très ému. Lorsque Aubinard lui demanda de
se préparer pour la pose, il se déshabilla sans
hésitation, avec un empressement qui le surprit lui-
même.

On continua de le mettre en croix pendant trois
jours, et lorsque le chef se jugea pourvu en
attitudes de crucifié, il lui fit faire des chemins de
croix. Il était très appliqué à son travail, et
Aubinard s'émerveillait d'un zèle aussi intelligent.
M. Normat ne tarda pas à se féliciter du modèle,
car il obtint, sur épreuves, des commandes impor-
tantes de Christs en croix.

L'ancien pianiste emportait chaque jour de
l'atelier une dizaine de photographies du Christ
dont il tapissait les murs de sa chambre. A l'hôtel,
on croyait qu'il avait une dévotion particulière à la
croix. Le soir, en rentrant chez lui, lorsque son
regard tombait sur cette imagerie, Machelier
éprouvait toujours un choc. Assis sur son lit, il
passait de longs moments à se reconnaître dans
tous ces Christs. Il s'attendrissait sur son visage
douloureux, sur son supplice et sur sa mort.
Parfois, en songeant à ses juges et à sa prison, il lui
semblait qu'il eût souffert d'une injustice, et il lui
plaisait de pardonner à ses bourreaux.

A l'atelier, il n'avait jamais un mouvement
d'impatience, il était doux, serviable, et cherchait
toutes les occasions d'obliger ses compagnons.

Chacun aimait sa douceur et respectait sa mélancolie. L'on s'accordait à dire qu'il avait bien choisi
son emploi; il était même si bien adapté à son
personnage que les employés s'étonnaient à peine
de la bizarrerie de ses propos. Aubinard, qui avait
de l'affection pour son modèle, s'en inquiétait
parfois et lui disait doucement :

— Il ne faudrait tout de même pas vous figurer
que c'est arrivé.

Un matin, Saint Pierre entra dans l'atelier H où
il venait demander un renseignement de la part du
chef de l'atelier B. Il avait gardé sur la tête son
auréole en carton. A son départ, Machelier l'ac-
compagna jusqu'à la porte et lui dit :

— Va, Pierre... d'une voix grave qui étonna le
bonhomme.

Dans la rue, Machelier souffrait à chaque instant
de l'indifférence des passants à son égard, non par
orgueil humain, mais par miséricorde. En passant
devant les églises, il tenait aux mendiants des
propos obscurs et les comblait de promesses
glorieuses.

— Faites-moi seulement une petite charité, lui
dit un mendiant de Saint-Germain-des-Prés.

Machelier lui montra un homme cossu qui
montait dans son automobile :

— Tu es plus riche que lui... cent fois, mille fois
plus riche!

Le mendiant le traita de fumier, et Machelier
s'en alla en penchant la tête sur son épaule, sans
rancune, mais l'âme accablée de tristesse. Un soir

qu'il était dans sa chambre, il pensa à ses parents qui étaient morts et se demanda s'ils étaient au ciel. Il se tourna vers son image pour lui recommander les deux âmes en peine, puis il se ravisa et hocha la tête avec un sourire confiant, comme pour dire : « C'est inutile. J'arrangerai l'affaire... »

Cependant, le chef d'atelier n'était pas loin d'avoir épuisé avec son modèle toutes les poses raisonnables, et prévoyait qu'il lui faudrait bientôt s'en séparer. D'ailleurs, Machelier avait engraissé, et, même pour un Christ triomphant, il avait les joues un peu pleines. Un matin, Aubinard le faisait poser en buste avec une auréole, et un gros cœur en carton pendu au cou, lorsque M. Normat entra dans l'atelier.

Examinant les derniers clichés, il fit observer à Aubinard :

— Ils sont loin de valoir les premiers...

— En effet.

— Je crois que vous ferez bien d'arrêter les Christs. Nous avons maintenant une belle collection, qui bat de loin tout ce qu'on a fait dans le genre, et je ne vois vraiment rien d'utile à y ajouter.

— C'est ce que je pensais moi-même. Aussi, vous voyez que depuis trois jours je n'ai rien fait d'important.

— Il vous reste maintenant à travailler le Saint Jean-Baptiste... C'est un article très demandé et où nous sommes d'une faiblesse déplorable, je vous l'ai déjà signalé. Il faut pourtant que nous ayons quelque chose de propre à donner à nos voyageurs le mois prochain...

— Pour le mois prochain, c'est un peu court, monsieur Normat... Il faudrait une chance extraordinaire, une rencontre comme celle de mon Christ...

Aubinard jeta un regard de gratitude sur son Christ qui attendait, en caressant son cœur de carton, que M. Normat eût fini son inspection. Machelier ne se départait de sa mansuétude habituelle qu'à l'égard du patron. Il le supportait avec une impatience pleine de dégoût et rêvait de chasser ce marchand coloré et ventru. Aubinard, qui regardait son modèle en songeant à la difficulté de trouver un Saint Jean-Baptiste, eut une inspiration soudaine et dit à l'apprenti :

— Va me chercher un rasoir, un blaireau et un savon à barbe.

A M. Normat, qui s'étonnait, il désigna Machelier.

— Il est juste à point pour faire un Saint Jean-Baptiste. Vous allez voir...

Les deux hommes s'approchèrent du Christ et Aubinard lui dit :

— Vous avez de la chance... On va vous couper la barbe et vous en aurez encore pour huit jours en Saint Jean-Baptiste.

Machelier toisa le patron avec mépris et, regardant Aubinard d'un air de reproche, répondit :

— Je suis prêt à tout endurer, mais je ne me raserai pas la barbe.

Aubinard lui représenta vainement qu'il était usé
en Christ et qu'il n'y avait d'autre moyen, pour le
garder, que de le changer en Baptiste ; Machelier,
qui sentait que sa divinité résidait presque tout
entière dans sa barbe, se bornait à répondre :

— Je ne laisserai pas toucher à un poil de ma
barbe.

— Voyons, disait Aubinard, réfléchissez. Vous
n'avez pas le sou, pas de situation...

— Je ne me séparerai jamais de ma barbe.

— Il est buté, dit M. Normat, laissez-le tranquille. Réglez-lui son compte tout de suite et qu'il
débarrasse la maison. En voilà un abruti !

Lorsqu'il eut payé encore deux journées d'hôtel,
Machelier recommença d'avoir faim. D'abord, il en
eut quelque fierté, puis, comme la faim devenait
plus douloureuse, il douta de sa divinité. Un jour, il
se souvint qu'il était pianiste et prit le chemin de
Montmartre. Il se proposait vaguement de rôder
autour du café où il avait, pour la première fois,
souffert d'injustice. Machelier songeait qu'il n'était
rien qu'un pauvre homme, capable d'inspirer
quelque pitié à ceux qui l'avaient connu autrefois.

Il partit à pied et, en descendant vers les quais
par la rue Bonaparte, il vit son image dans
plusieurs vitrines. Il se vit portant la brebis sur ses
épaules, il se vit gravissant le calvaire, portant sa
croix... Il en fut réconforté et attendri.

— Comme je souffre, murmura-t-il en regardant sa photographie de crucifié.

Passant la Seine, il retrouva son image rue de

Rivoli, puis dans les environs de l'Opéra. Machelier
ne sentait presque plus sa faim, il marchait
lentement, attentif aux vitrines, suspendu à l'espoir
d'une nouvelle rencontre. Il se retrouva encore près
de l'église de la Trinité, dans la rue de Clichy. En
arrivant devant le café où il avait tenu le piano, il
passa très vite, sans même regarder à l'intérieur. Il
sentait qu'il était absent de cet endroit de Montmartre, il eut envie de monter plus haut. La fatigue
et la faim lui donnaient la fièvre; il dut se reposer
plusieurs fois au cours de son ascension. Le soir
tombait lorsqu'il arriva sur le mont des Martyrs.
Devant la basilique, les boutiquiers commençaient
à ranger leurs objets de piété. Machelier eut le
temps de regarder à un étalage une partie de la
collection qu'il avait fournie à Aubinard. Il y avait
un « Bon Pasteur », un « Christ aux enfants », un
« Jésus au Jardin des Oliviers », tout un « Chemin
de Croix », et dans un cadre de bois noir un
agrandissement de son martyre. Machelier en était
ébloui; il alla s'appuyer à la balustrade de pierre et,
en regardant Paris moutonner à ses pieds, il fut
envahi par la certitude de son ubiquité. Les
dernières lueurs du jour, à l'occident, cernaient la
ville d'un mince ruban clair, des lumières s'allu-
maient jusqu'au loin dans les fonds de brume.
Cherchant, dans l'étendue, le chemin jalonné par
ses images, qu'il venait de parcourir, Machelier
goûtait l'ivresse de se répandre dans la ville. Il
sentait sa présence flotter sur le soir et écoutait le

bruit de Paris qui montait comme une rumeur d'adoration.

Il était près de huit heures du soir lorsqu'il descendit de la Butte. Il avait oublié qu'il était las et qu'il avait faim, un chant d'allégresse bourdonnait à ses oreilles. Dans une rue solitaire, il rencontra un sergent de ville et, tendant la main, se dirigea vers lui d'un pas hésitant :

— C'est moi, dit-il avec un tendre sourire.

L'agent haussa les épaules et grommela en s'éloignant :

— Bougre d'imbécile... feriez mieux de rentrer chez vous, au lieu d'embêter le monde avec vos histoires de soûlot.

Machelier, surpris par cet accueil, demeura une minute immobile, puis il murmura en hochant la tête :

— Il ne comprend pas.

Une inquiétude soudaine le fit hésiter, il eut envie de retourner sur ses pas, vers le sommet de la colline, mais ses jambes le portaient à peine et déjà il s'engageait dans une rue qui descendait vers une trouée de lumière.

Sur le boulevard de Clichy, Machelier erra un instant parmi la foule des promeneurs. Personne ne prenait garde à lui, et les gens qui rencontraient son regard pressaient le pas dans la crainte qu'il ne demandât une aumône. Il manqua plusieurs fois de se faire écraser, et, grelottant de fièvre, alla se reposer sur un banc. Il n'avait plus qu'une angoisse, plus qu'une idée fixe :

— Pourquoi est-ce qu'ils ne me reconnaissent pas?

Traversant le boulevard, deux filles passèrent auprès de lui et l'accostèrent par dérision.

— Tu viens, Landru? lui dit une vieille en faisant allusion à sa barbe.

Les deux filles se mirent à rire et la plus jeune ajouta :

— Mais non, c'est Jésus-Christ, je te dis.

— Oui, c'est moi, acquiesça Machelier.

Délivré de son angoisse, il se leva pour faire à ces deux filles la grâce de les toucher. Elles se sauvèrent en ricanant :

— Il va nous porter la poisse, le Jésus, allons-nous-en.

Machelier comprit qu'il avait encore un effort à faire pour persuader les hommes qu'il était avec eux. Il décida qu'il annoncerait d'abord la nouvelle aux pauvres et abandonna le boulevard pour descendre dans la ville. Mais il ne rencontrait point de pauvres, il n'y avait pas un seul pauvre sur son chemin. Il s'en étonnait tout haut et arrêtait parfois les passants pour leur demander s'ils n'avaient pas vu des pauvres. Les passants n'avaient rien vu. Ils ne savaient pas qu'il y eût des pauvres.

Il était près de minuit lorsque Machelier arriva au pont des Saints-Pères. Il ne sentait plus ni faim, ni fatigue, mais rien qu'une grave impatience. Il se souvint qu'avant de connaître Aubinard, il avait dormi sous ce pont-là, et il espéra y découvrir des pauvres. Descendant sur le quai, il trouva l'abri désert. Machelier se sentit si seul qu'il eut envie de pleurer ; mais, sur l'autre rive, il vit passer des hommes qui s'en allaient chercher un asile sous la voûte. Il fit un grand geste et cria :

— C'est moi !

Les autres s'arrêtèrent, surpris par cet appel qui résonnait sur la pierre.

— C'est moi ! ne vous dérangez pas ! je viens...

Il descendit l'escalier étroit qui plongeait dans l'eau.

— Je viens !

Un moment, les clochards de l'autre rive virent Machelier qui marchait sur les eaux, et quand il n'y eut plus qu'un remous sur le fleuve, ils doutèrent s'ils venaient de s'éveiller ou s'ils avaient encore devant eux la promesse d'une nuit de sommeil pour oublier leur misère.

BONNE VIE ET MŒURS

Depuis le pré qu'il fauchait à la mécanique, Léon Bordier avait la vue d'un tronçon de route qu'il ne quittait presque pas des yeux, dans l'attente d'y voir surgir l'employée des postes, du pas vif dont elle portait les appels téléphoniques. Sa nervosité et sa distraction l'empêchaient d'avoir son attelage bien en main; le cheval faisait des embardées; la faucheuse traçait en sinuant, épargnait de longues et minces tranches de foin qui restaient debout sur le ras du pré. Mécontent de son travail, Bordier quitta le pré à six heures et demie et sitôt qu'il fut dans la cour de la ferme, courut sans dételer jusqu'à la cuisine où sa femme préparait le repas du soir.

— Léontine n'a pas téléphoné? Il n'est venu personne de la poste?

— Non, je n'ai rien vu... Je ne sais pas ce qu'il faut penser...

— Mais tu es sûre? Des fois que tu aurais été au poulailler ou ailleurs pendant que la poste serait venue.

— Je n'ai pas bougé de la cuisine depuis les quatre heures.

Le visage de Bordier s'empourpra, une grosse veine bleue se gonfla sur son front. Il ôta son chapeau, et, de colère et de découragement, le jeta dans un coin, à toute volée.

— Alors, ça y est, dit-il d'une voix rageuse. Du moment qu'elle n'a pas téléphoné, c'est qu'elle s'est fait refuser au brevet. Mais j'en étais sûr qu'elle n'aurait pas son brevet.

— Léontine n'a peut-être pas pu nous prévenir. Attendons qu'elle arrive, elle ne peut plus tarder maintenant. Après tout, pourquoi est-ce qu'ils l'auraient refusée? Elle avait toujours des bonnes places dans la géographie. Et puis, tu l'avais bien recommandée à l'inspecteur et au sous-préfet. Tu es quand même le maire de Bellefond, tu manges avec ces gens-là dans les banquets... Tout compte.

Bordier haussa les épaules et se mit à arpenter la cuisine. Il voyait déjà s'écrouler tous les espoirs qu'il avait caressés, pour sa fille, d'une vie dorée de fonctionnaire, avec une retraite au bout.

— Refusée que je te dis! Et je suis sûr que ça n'aura pas fait un pli. Bon Dieu! on fait tout pour qu'elle arrive, on lui achète une bécane à changement de vitesse, un bracelet-montre, des toilettes, l'autre jour des bas de soie pour aller à l'examen, et voilà comme on est récompensé.

La mère, qui s'était laissé aller à la certitude d'un échec, plaidait la cause de Léontine, représentant à Bordier que leur fille avait travaillé dans des conditions difficiles : il lui fallait chaque jour faire dix kilomètres à bicyclette pour se rendre à l'école supérieure du chef-lieu, et autant pour le retour; c'était à la fois une perte de temps et une grosse fatigue.

— Tu lui as toujours trouvé de bonnes excuses, ripostait Bordier. Fatiguée? Mais fatiguée de quoi? Une grande salope de dix-sept ans qui ne travaille pas la moitié du quart des autres filles du pays!

— Alors, là, Léon, moi je dis que tu causes mal. Ce n'est pas une façon pour parler sur sa fille.

— Je ne dis rien de plus que la vérité. Elle n'aurait point perdu de temps si elle avait toujours pédalé bien droit vers son école. Mais ce n'est pas en traînant par les chemins avec un Félicien Musillon que les livres vous entrent dans la tête. Un joli moineau, encore, celui-là...

— Pour une fois ou deux qu'on les a vus ensemble, dirait-on pas...

— Trois fois! Et la dernière, il était neuf heures du matin. Au lieu d'être à son école, elle était sur le remblai avec ton animal de Félicien qui lui racontait des histoires et on ne sait pas quoi...

— Personne n'a vu Félicien lui manquer de respect. D'abord, tu sais bien qu'il voudrait se marier avec Léontine.

Bordier s'arrêta et cogna du poing sur la table. La colère le faisait suffoquer.

— Ce grand cochon-là, marier ma fille? Un feignant, un coureur, un dépensier! Ah! nom de Dieu! comme je lui ai dit, si jamais je le revois

tourner autour de Léontine, je te lui casse les reins,
tu m'entends bien? Quand je pense qu'il lui aura
fait manquer son brevet... Mais, bouge pas, il
faudra bien que Léontine change de façons. Je vas
commencer par lui flanquer toutes ses robes au
feu...

La mère allait protester, mais un grelot tinta
dans la cour. Les parents se ruèrent pour accueillir
une grosse fille au visage enfantin et rieur dont le
maquillage avait fondu à la chaleur. Léontine
descendit de bicyclette et ses seins lourds sautèrent
dans son corsage de soie rose.

— Reçue douzième sur trente-sept! cria-t-elle.
Ça a gazé partout! Neuf en anglais que j'ai pigé...
Ah! dis donc, qu'est-ce que j'y ai mis dans l'œil au
prof d'anglais...

— Son brevet... murmura Bordier. Elle a son
brevet...

Jetant la bicyclette à sa mère qui la rangea contre
le mur avec des précautions respectueuses, Léontine soupira :

— Ah! dites donc, les vieux, s'il fait chaud! Ce
coup de bengale que j'ai pris sur la tirelire... Mais
aussi, vous parlez si j'en ai foutu un choc pour
m'apporter! Comment c'est que je dois cocoter
d'en dessous les bras...

Pendant que Léontine contait les péripéties de
l'examen, Bordier, assis sur la fenêtre, la gueule
fendue de plaisir, l'écoutait en taillant dans un
morceau de bois une cheville de limonière. Comme

le chien aboyait, il tourna la tête et vit Félicien
Musillon qui entrait dans la cour de ce pas
nonchalant qui le dénonçait de loin à l'indignation
des gens laborieux.

— Je t'ai défendu de foutre les pieds chez moi!
cria Bordier. Va-t'en d'ici!

Quoiqu'il fût à bonne portée de voix, le grand
Félicien ne parut pas entendre. Il avançait sans
hâte, le nez flâneur, jouant à souffler sur la grande
mèche noire qui lui barrait le front depuis la visière
jusqu'au coin de son petit œil plissé. Sachant que
Léontine s'était présentée au brevet, il avait trouvé
un prétexte pour venir aux nouvelles.

— Va-t'en d'ici, répéta Bordier.

— Bien le bonjour, Léon, et pour tout le monde
de chez vous, dit Félicien.

— Il faudra peut-être que je te prenne par le
col? Allons, demi-tour.

Le grand Félicien s'arrêta en face de Bordier et
sourit avec cordialité.

— Ça m'ennuie de vous déranger, Léon, mais
vous êtes le maire de Bellefond et il n'y a que vous
qui puissiez me signer les papiers qu'il me faut.

— Les papiers... Quels papiers?

Félicien ne répondit pas. Il poussait son grand
nez en avant et essayait de jeter un regard dans la
cuisine par-dessus l'épaule de Bordier. D'un coup
de menton, il montra la bicyclette appuyée au mur.

— Je vois que la fille est rentrée de l'examen.

— Douzième sur trente-sept! cria Léontine de

l'intérieur. J'ai quand même pas bavé à côté! douzième!...

Bordier fronça les sourcils et d'un geste violent commanda le silence dans la cuisine.

— Je suis bien content qu'elle soit reçue, dit Félicien. Vous savez ce que c'est quand on s'intéresse aux personnes. Moi, quand il arrive à Léontine un coup comme d'aujourd'hui, je ne peux pas vous dire tout le plaisir que ça me fait. Il me semble que je suis déjà de la famille...

Les yeux mi-clos, il semblait rêver à des béatitudes honnêtes.

— Cause toujours, grogna Bordier, elle n'est pas pour ton nez. J'aimerais mieux qu'elle reste sans homme toute sa vie.

Félicien eut un soupir qui alla jusqu'au fond de la cuisine et dit avec une voix de reproche :

— Léon, vous me faites du chagrin sans vous en douter. Oh! je sais bien qu'on hésite toujours à se choisir un gendre; on n'en trouve jamais qui soient sans défauts, et j'ai les miens comme tout le monde, pardi! Mais ce qui compte d'abord, voyez-vous, c'est la question du sentiment, et Léontine est sûrement de mon avis. Tenez, Léon, vous allez peut-être lui faire un cadeau pour son brevet? Demandez-lui donc ce qui lui ferait le plus de plaisir, moi je vous parie que c'est un petit homme qui s'appellerait Félicien.

Bordier entendit Léontine qui riait derrière son dos, il se mit à jurer. Félicien, d'une détente de l'index, rejeta sa casquette en arrière, juste où il voulait, et ajouta avec un dandinement gracieux :

— Ça se comprend, n'est-ce pas? Il y en a de plus mal tournés que moi, et dans le fond, personne n'a rien de sérieux à me reprocher.

— Rien de sérieux? Un feignant qui ne fait rien de ses dix doigts et qui a déjà mangé les quatre sous que son père lui a laissés!

— C'est vrai, je ne me sens point de courage à travailler, mais si vous voulez mon idée, c'est parce que je me languis de cette petite Léontine. Une fois qu'on sera mariés, vous verrez, Léon, vous verrez si j'abattrai de la besogne... sans compter qu'avec ses brevets, Léontine aura sûrement une bonne position.

— Tu te ferais bien nourrir par ta femme, bien sûr? Et ce ne serait pas la première fois : la Claudine Machuré pourrait le dire, comment que tu te soûlais la gueule avec ses sous! Feignant, ivrogne, coureur de filles, ça va ensemble.

— Les mauvaises langues me font bien du tort, soupira Félicien, mais allez donc empêcher le monde de causer...

La mauvaise humeur de Bordier s'accrut en voyant entrer dans la cour un vieil homme qui marchait en s'appuyant sur deux cannes. Malgré son âge et son infirmité, ce Narcisse Longeron était parmi les plus acharnés des adversaires politiques du maire de Bellefond et toujours attentif à lui susciter une mauvaise querelle.

— Finissons-en, dit Bordier. Qu'est-ce que tu es venu faire ici?

— C'est vrai, dit Félicien, je n'y pensais plus. Aussitôt qu'on me parle de Léontine, je n'ai plus ma tête à moi. Figurez-vous que j'étais venu pour vous demander un certificat de bonne vie et mœurs.

Tout d'abord, Léon Bordier se contenta de faire un mot ironique sur les formalités parfois saugrenues auxquelles l'obligeaient ses fonctions de maire de la commune. Le vieux Longeron, qui était arrivé à quelques pas de la fenêtre, marqua, par un hochement de tête, qu'il désapprouvait une plaisanterie indigne d'un magistrat dans l'exercice de ses fonctions. Bordier ne lui fit pas l'honneur d'un regard et demanda à Félicien :

— Qu'est-ce que tu vas en faire, de ton certificat?

— J'en ai besoin pour me chercher une place. Comme vous disiez tout à l'heure, ce n'est guère convenable de se faire nourrir par sa femme, et puisqu'un jour ou l'autre j'épouserai Léontine...

Narcisse Longeron fit entendre un ricanement qui prétendait signifier combien cette union-là lui paraissait conforme à l'opinion qu'il se faisait de Léontine et de sa famille. Bordier devint écarlate et interrompit Félicien.

— Tu te fous de moi, à présent? Eh bien! moi, je ne te le délivre pas, ton certificat de bonne vie et mœurs. Tu m'entends, je ne te le délivre pas, et mes raisons, elles sont toutes prêtes, je n'ai pas besoin de les chercher. Avec une conduite comme tu en as une, tu ne l'as pas mérité. Je ne te le donne pas, non, et je te défends de revenir chez moi!

— Ça, Léon, vous ne m'empêcherez jamais de venir réclamer mon droit. Je ne peux pourtant pas aller réclamer mon certificat à la cure. En admettant que je sois un mauvais sujet — je dis en admettant — je peux toujours changer, et alors, vous n'aurez plus de raisons de me refuser ce que je vous demande. A bientôt, Léon, je suis sûr que vous réfléchirez...

— C'est tout réfléchi. Va-t'en chercher ton certificat ailleurs, et chez le curé si tu veux!

Le vieux continuait à ricaner en regardant les deux hommes. Félicien ressentit vivement l'affront que Bordier venait de lui faire en présence d'un témoin. Il jeta en s'éloignant :

— Si vous le prenez comme ça, moi je dis que vous n'en aurez pas fini de sitôt avec moi.

Voyant le curé qui sortait du presbytère, Félicien s'assit sur une borne et, tirant son mouchoir, s'en frotta les yeux. Il avait presque cinq minutes pour se préparer et il réussit à amener des larmes au bord de ses paupières. Le curé tomba dans le piège et, touchant l'épaule de Félicien, s'informa des raisons de son désespoir.

— Je vais me noyer, monsieur le curé, je n'ai plus qu'à aller me noyer...

Le prêtre avait peu d'estime pour Félicien

Musillon, mais une aussi grande détresse ne pouvait le laisser insensible.

— Mon ami, c'est offenser Dieu que de parler
ainsi. Vous n'avez pas le droit de désespérer de sa
miséricorde...

— Non, monsieur le curé, non, c'est foutu. Y a
point de miséricorde pour Félicien. A présent, je
suis moins qu'un cochon de trois jours, vous
m'entendez? J'ai honte pour tout le restant de ma
vie...

Le curé considéra Félicien avec sympathie. Cette
extrême humilité lui fit croire qu'il arrivait à un
moment favorable pour ramener à Dieu une brebis
depuis longtemps égarée, et il sollicita les confidences du désespéré.

— Je peux bien vous le dire, monsieur le curé,
mais comme vous me voyez, je sors de chez Léon
Bordier. J'étais allé lui demander sa fille en mariage
et il me l'a refusée.

— Léontine est bien jeune pour songer au
mariage, fit observer le curé. D'autre part, M. Bordier n'a peut-être pas trouvé en vous toutes les
perfections qu'il peut espérer d'un gendre. Il faut
avoir le courage de regarder en soi...

— Bien entendu qu'il a ses idées là-dessus, et
moi je suis d'avis que les parents ont toujours
raison...

— Vous voyez bien...

— Attendez! En même temps, je lui demandais
un certificat de bonne vie et mœurs pour me
chercher une place et il me l'a refusé aussi!

Le curé voyait assez de raisons au refus de Léon Bordier pour n'en point manifester de surprise. Félicien, qui le surveillait du coin de l'œil, se mit à geindre :

— Il veut m'empêcher de gagner ma vie, je vous dis, et pourquoi? Parce que je ne suis pas dans ses idées politiques et que je vais à la messe! Voilà toute l'affaire.

— A la messe? s'étonna le curé, mais je ne vous y ai jamais vu.

— Non, monsieur le curé, vous ne me voyez pas, mais c'est parce que je me mets toujours derrière un pilier. Et Bordier le sait bien, lui. Savez-vous ce qu'il m'a dit, tout à l'heure? Va-t'en chercher ton certificat chez le curé!

— Oh! il vous a dit...

— Tel que, monsieur le curé, tel que. Je n'invente pas : Narcisse Longeron était là, il a entendu aussi bien que moi.

Le curé avait plus d'un grief contre le maire de Bellefond. Dans la même année, le conseil municipal avait refusé de voter des crédits pour le chauffage de l'église et pour des réparations à la toiture du presbytère. Le propos rapporté par Félicien réveilla toute sa rancune, et le lendemain, comme il avait affaire au chef-lieu, il ne put se tenir de conter les choses au directeur du journal bien-pensant de l'arrondissement, qui publia un entrefilet vengeur :

« Encore un abus de pouvoir. — Fidèles à notre ligne de conduite, nous dénonçons sans faiblesse les

abus dont certains édiles se rendent coupables
envers leurs administrés. L'un de ces tyranneaux,
M. Léon Bordier, maire de Bellefond, bien connu
pour son zèle antireligieux, refusait dernièrement
un certificat de bonne vie et mœurs à M. Félicien
Musillon, dont la piété et la modestie édifient tous
les habitants de la commune. Comme M. Musillon
faisait valoir que cette pièce lui était indispensable
pour l'obtention d'un emploi, M. Léon Bordier,
découvrant alors sa basse rancune de sectaire, lui
répondit brutalement : " Allez donc chercher votre
certificat chez le curé!!! " L'on croit rêver en
apprenant que des brimades aussi odieuses demeu-
rent possibles, et pourtant, les faits sont là : nous
voyons la plus banale des formalités devenir, entre
les mains d'un maire sans scrupule, un moyen de
pression électorale ! »

Deux jours plus tard, le *Phare Régional*, organe
de défense républicaine, laïque et sociale, ripostait
en première page :

« Mise au point. — Émus par l'accusation portée
contre M. Léon Bordier, le si sympathique maire
de Bellefond, et soupçonnant une manœuvre d'inti-
midation cléricale, nous nous sommes transportés
sur les lieux aux fins d'enquête. Nous n'avons pas
eu de peine à découvrir M. Félicien Musillon qui
se trouvait au cabaret, comme par hasard, et dans
un état d'ébriété prononcé. Renseignements pris, ce
modèle de piété est plus assidu à la table du café
qu'à la Sainte Table, et s'est acquis la réputation
d'un pilier de cabaret... assez chancelant. Nous

respectons trop nos lecteurs pour leur rapporter les propos tenus en notre présence par ce digne paroissien, mais il y était fort question de jupons et de beuveries. Nous nous sommes rendus ensuite chez M. Léon Bordier et nous avons eu la compensation de nous trouver au milieu d'une honnête famille encore tout à la joie des succès remportés par Mlle Léontine Bordier, une charmante jeune fille qui vient d'être reçue brillamment au brevet. " Je dédaigne, nous a dit en substance M. Bordier, les calomnies colportées par des ennemis envieux, mais je m'étonne qu'un journal bien-pensant (!) tienne pour *la plus banale des formalités* la délivrance d'un certificat de bonne vie et mœurs : pour moi, je me fais une idée plus haute de mes fonctions et j'ose prétendre qu'en accordant ce certificat aux individus de mauvaises mœurs, un maire manque à tous ses devoirs envers son prochain et envers la société. " Voilà, certes, qui est bien parlé après avoir bien agi. »

Il y eut, de part et d'autre, une série d'articles, et le ton de la polémique s'exaspéra. Félicien s'en trouvait bien. Il fut choyé par les partisans du curé qui lui accordaient, pourvu qu'il communiât chaque dimanche à la grand-messe, des avantages importants, comme d'être nourri et payé pour de petits travaux qui n'exigeaient ni fatigue, ni assiduité. Il ne se tuait pas un cochon dans une famille pieuse qu'on ne l'invitât au boudin, et vers le milieu du mois d'août, la place se trouvant vacante, il fut appelé à la dignité de sacristain.

Pourtant, Léon Bordier ne variait pas d'une ligne dans son appréciation sur Félicien. Il se trouvait trop engagé dans la querelle des deux journaux pour rompre d'un pas. Il déclara dans l'une des interviews qu'il accorda au *Phare Régional* :

— Il s'est trop mal conduit jusqu'à présent pour que je lui délivre son certificat cette année. On verra l'année prochaine s'il le mérite.

Deux fois par semaine, Félicien venait chez le maire réclamer son certificat de bonne vie et mœurs, et toujours en l'absence de Léon Bordier. Le plus souvent, Léontine était seule à la maison. Bordier, qui se faisait seconder par sa femme dans les travaux des champs pour faire l'économie d'un domestique, n'avait pas voulu que sa fille mît la main à la moisson. Après les dures épreuves de l'examen, il jugeait nécessaire qu'elle se reposât, et d'autre part, il était fier de cette oisiveté qu'il regardait comme une prérogative de ces carrières accomplies au service de l'État, aux accès difficiles et tortueux, dont le brevet était une première porte.

Léontine se plaignait que le village manquât de distraction. Après avoir épuisé la joie d'être en possession de son brevet, il lui arrivait de regretter le travail des champs. Blasée sur les plaisirs de la bicyclette, elle passait à la maison des vacances monotones à feuilleter des revues de cinéma et à dormir sur la table de la cuisine. Les visites de Félicien Musillon étaient toujours des récréations qu'elle attendait avec impatience. Sa conversation était agréable, fertile en mots amusants, en propos galants et flatteurs. Félicien s'accoudait à la fenêtre de la cuisine et c'était déjà un divertissement que de l'entendre demander son certificat de bonne vie et mœurs.

— Si j'étais de mon paternel, repartait Léontine, tu parles comment que je te l'aurais donné!

Parfois, Félicien la regardait avec des yeux inquiétants et murmurait :

— Il y a des fois, Léontine, quand je te regarde, je me demande si je mérite mon certificat : il me passe des idées dans la tête...

Il n'insistait pas, mais Léontine, tout en riant très haut, se sentait troublée. Félicien avait toujours su plaire aux filles, mais l'affaire du certificat le parait d'un prestige nouveau. Il était célèbre dans tout l'arrondissement autant pour les turpitudes que lui prêtait le *Phare Régional* que pour les vertus dont l'autre feuille le louait. Aux yeux des filles de Bellefond, il avait acquis un visage double, mystérieux, et sa qualité de sacristain voué, peut-être, aux plus abominables orgies, avait un attrait redoutable de sabbat et de messe noire.

En rentrant des champs, Bordier ne manquait jamais de s'informer si Félicien était venu à la maison.

— Il est venu, disait Léontine, il a réclamé son certificat de bonne vie et mœurs et il est reparti tout de suite.

— Il sait pourtant bien que je ne suis pas là, grommelait Bordier. C'est pour montrer qu'il s'entête, mais il verra qu'il a trouvé plus têtu que lui.

Un après-midi qu'il était attendu par Léontine, Félicien eut l'habileté de ne pas venir, dont elle ressentit toute la déception qu'il escomptait. Au jour suivant, il vint la surprendre, mais au lieu de se tenir accoudé à la fenêtre comme à l'habitude, il prit la hardiesse d'entrer, et Léontine eut tant de plaisir de sa visite qu'elle ne fit point d'observation.

— Ça fait plaisir de se voir de plus près, Léontine, il y a des choses qu'on ne peut pas dire par la fenêtre...

— Allons, finis, Félicien...

— Tu me parles de finir, et c'est juste quand le bonheur commence, Léontine.

Effondré sur sa chaise, Bordier sortit enfin de son mutisme et d'une voix résignée dit à sa femme :

— Va me chercher Félicien, il n'y a rien d'autre à faire.

Léontine, la poitrine posée sur la table et les yeux rougis par les larmes, feuilletait machinalement ses livres de classe. A l'instant de partir pour l'école, elle ne s'était plus senti le courage de monter à bicyclette avec cette pesanteur qu'elle avait dans les membres et dans le corps. La tête dans ses mains, elle avait avoué tout d'un trait.

En attendant le retour de sa femme, Bordier songeait au brevet, à la porte magique entrouverte un moment sur les félicités tranquilles dispensées par le gouvernement. Il n'avait plus de colère, mais une immense lassitude et une tristesse de paria. Une seule fois, regardant sa fille, il murmura en hochant la tête :

— Un sacristain... un sacristain...

Lorsqu'il fut dans la cuisine, Félicien manifesta les sentiments décents d'un étranger qui prend part aux malheurs d'une famille, mais nia d'abord sa culpabilité. Sa mauvaise foi rendit à Bordier quelque vigueur.

— Grand salaud! voleur de filles! Moi, je saurai bien t'obliger à reconnaître la vérité et aussi à marier une gamine de dix-sept ans que tu as foutue enceinte. Tu vas te décider, oui, et pas demain matin! tout de suite!

— Écoutez, Léon, je vous ai dit une fois que j'avais du sentiment pour Léontine et je ne m'en dédis pas. Mais je ne veux pas non plus m'engager à la légère...

La discussion était ouverte, elle fut longue et difficile. Bordier n'y épargna pas les mots violents et Félicien fit mine, à plusieurs reprises, de rompre les pourparlers. Le fiancé faisait valoir que Léontine, habituée dans les écoles à mener une vie de princesse, était inhabile aux travaux ménagers :

— Ce n'est pas avec son brevet qu'elle me raccommodera mes chaussettes.

Bordier défendait son bien, jurait qu'il n'avait pas assez d'argent pour consentir d'autres sacrifices, mais Léontine le trahissait, parlait des titres de rente cachés sous une pile de draps. Le père dut céder sur la plupart des points, et il parut que l'accord était à peu près fait. Pourtant, Félicien n'était pas encore satisfait, et Bordier lui dit avec impatience :

— Qu'est-ce qu'il te faut de plus ? que je sois sur la paille ?

— Il n'y a pas que les sous qui comptent, fit observer Félicien. Dans le pays, vous m'avez fait du tort pour l'affaire que vous savez, et vous m'avez fait attendre assez longtemps mon certificat pour me le donner aujourd'hui.

— Aujourd'hui moins que jamais ! Un certificat pour un sagouin...

— Alors, Léon, j'aime mieux vous dire tout de suite qu'il n'y a rien de fait.

Félicien se dirigea vers la porte d'un pas ferme et la femme de Bordier n'eut que le temps de le retenir par la manche.

— Non, non, laissez-moi, ce n'est plus possible.

Léontine et sa mère mêlant leurs supplications, Bordier s'assit à la table et traça d'une écriture rageuse :

« Je soussigné Léon Bordier, maire de la commune de Bellefond, certifie que le nommé Musillon Félicien, est de bonne vie et mœurs... »

L'AFFAIRE TOUFFARD

O'Dubois, prince des détectives, quitta son appartement en compagnie de son fidèle ami Joubin pour faire sa promenade du matin. Comme tous les gens qui travaillent de la tête, il aimait beaucoup aller à pied et c'est à la pratique quotidienne du footing qu'il devait d'être resté svelte en dépit de ses cinquante-cinq ans. Joubin ressemblait à tous les confidents de grands détectives : massif, et d'esprit un peu lent, il lui arrivait de rire aux éclats sans raison apparente, en réalité parce qu'une plaisanterie entendue la veille venait de lui rendre son sel. Il était un peu le secrétaire d'O'Dubois et répondait pour lui aux interviews.

Comme les deux amis s'engageaient sur le boulevard de la Madeleine, Joubin demanda :

— Que répondrai-je au reporter de *Paris-Crimes* qui viendra chez vous cet après-midi ?

— Intuition et réflexion. Vous aurez ainsi résumé toute ma méthode.

— Évidemment, approuva Joubin avec importance.

Ils poursuivaient leur promenade, lorsque le détective s'arrêta pile. Au pied d'un arbre, il venait d'apercevoir trois objets dont la présence lui parut tout de suite suspecte. Il y avait une pince à sucre en argent, un pince-nez à monture d'or et une pince-monseigneur. Un détective professionnel eût immédiatement pris des mesures ou cherché des empreintes. O'Dubois proposa simplement :

— Allons nous asseoir au café d'en face.

Ils traversèrent la rue et s'assirent à une terrasse presque déserte. O'Dubois commanda un demi de bière blonde, un petit bock pour son ami, et entra en méditation. Il s'était donné trois minutes pour résoudre l'énigme et comme les trois minutes s'étaient écoulées sans résultat, il conclut logiquement qu'il s'agissait d'un crime important.

— Qu'est-ce que vous pensez de cette affaire-là, Joubin?

— Je pense qu'il faut réunir des indices et construire une hypothèse que les faits confirmeront plus tard.

O'Dubois but une gorgée de bière, se pinça le nez entre le pouce et l'index, et tendit sa canne à Joubin.

— Joubin, prenez ma canne et traversez la rue. Quand vous serez au pied de l'arbre où nous avons découvert les trois objets, regardez dans les premières branches, et si vous voyez un chapeau haut de forme, décrochez-le avec la canne.

Rien n'étonnait Joubin de la part de son ami, pourtant il eut une seconde d'hésitation.

— Surtout, ajouta O'Dubois, ne touchez pas aux objets.

Joubin s'éloigna, tourna autour de l'arbre, se haussa sur la pointe des pieds et, rouge d'émotion, traversa le boulevard en brandissant au bout de sa canne un chapeau haut de forme.

— Voulez-vous regarder à l'intérieur du chapeau, demanda O'Dubois, et me dire le nom du chapelier?

Joubin retourna le chapeau et, l'ayant examiné avec attention, répondit :

— Le nom du chapelier est Pince Rodel.

— Évidemment, murmura le détective, évidemment...

Joubin ne put dissimuler plus longtemps sa stupéfaction et son impatience.

— C'est incroyable! Comment avez-vous deviné que ce chapeau haut de forme était dissimulé dans les branches?

— J'en ai eu l'intuition, tout simplement!

— C'est vrai, balbutia Joubin. Intuition et réflexion...

— A propos de réflexion, dit O'Dubois, pouvez-vous me dire ce qui vous frappe, à vue de nez, dans toute cette affaire?

— Je ne sais pas, dut avouer Joubin. Il est bien difficile...

— Mon cher ami, vous manquerez toujours de sang-froid. Comment? Vous n'avez même pas été surpris par l'analogie des mots qui désignent ces

trois objets? Pince à sucre, pince-nez, pince-
monseigneur...

Le visage de Joubin s'éclaira d'un sourire com-
préhensif.

— En effet, je n'y avais pas songé. Cela fait trois
pinces.

— Et, comment s'appelle le chapelier qui vendit
ce haut-de-forme?

— Pince Rodel! s'écria Joubin. Nous avons déjà
quatre pinces!

— Je crois que nous rencontrerons pas mal
d'autres pinces, affirma O'Dubois. Voyez-vous,
Joubin, dans un problème comme celui-ci, il faut
toujours s'attacher à saisir l'idée générale qui sera le
fil conducteur... Intuition et réflexion... Savez-vous
pourquoi, tout à l'heure, je me suis pincé le nez,
avant de vous envoyer chercher le haut-de-forme?
Eh bien! j'avais compris que l'affaire reposait sur
ce mystère de pinces. Je me suis donc pincé le nez
pour me mettre en état de réceptivité intuitive.
Vous avez vu le résultat...

Joubin pliait sous l'admiration. A la dérobée, il
se pinça le nez plusieurs fois, mais ne fit aucune
découverte digne d'intérêt. O'Dubois sourit à ces
tentatives et lui dit avec indulgence :

— Mon cher Joubin, vous êtes certainement
trop intelligent, et c'est au détriment de votre
intuition. Mais ne vous désolez pas, vos facultés de
discernement font de vous un auxiliaire précieux.
Tenez, voulez-vous aller m'acheter un paquet de
cigarettes et la dernière édition du matin?

Rougissant de plaisir, le précieux auxiliaire galopa jusqu'au plus proche bureau de tabac, rafla une dernière édition dans un kiosque de journaux et, regagnant la terrasse, cria d'une voix entrecoupée :

— Un crime... écoutez... un crime épouvantable a été commis cette nuit !

— J'en étais sûr.

— Une famille de douze personnes assassinées !

— Je l'aurais parié.

— L'assassin présumé est en fuite.

— Je le savais.

Joubin leva les bras au ciel et s'affaissa sur sa chaise en gémissant :

— Alors, on ne peut rien vous apprendre !

— Mais si. Lisez-moi l'article, il y a peut-être des détails que j'ignore encore.

*

Joubin entreprit la relation du crime, qui tenait six colonnes du journal, et dont voici l'essentiel :

« Un abominable forfait, peut-être sans précédent dans les annales du crime, a été consommé cette nuit, entre 11 heures et minuit, dans un hôtel particulier du faubourg Saint-Honoré, où demeurait, depuis de longues années, M. Alcide Touffard, le milliardaire bien connu dans le monde de la chaussure.

« Hier soir, toute la famille de l'illustre industriel s'était donné rendez-vous chez lui pour fêter le

87ᵉ anniversaire de l'aïeul et, en l'absence des domestiques auxquels il avait donné congé pour la soirée, organiser une sorte de surprise-partie. La concierge de l'immeuble voisin, qui prenait le frais sur le pas de sa porte, vers les 8 h 30 du soir, affirme avoir vu entrer dans l'hôtel Touffard douze personnes portant des bouteilles et des victuailles empaquetées ; son témoignage est formel sur ce point.

« Il y avait donc treize personnes réunies dans les appartements du vieillard.

« En rentrant du cinéma, un peu après minuit, les domestiques trouvèrent la famille attablée, mais silencieuse et immobile. Chacun des convives était ligoté sur sa chaise et sa cervelle s'échappait dans son assiette par un trou creusé au sommet du front à l'aide d'un marteau et d'un ciseau à froid. La police, immédiatement prévenue, a pu identifier sans retard les douze victimes de cette boucherie sauvage. Ce sont M. Alcide Touffard et les onze personnes dont les noms suivent, toutes appartenant à la famille.

« Le commissaire du quartier, au cours de son enquête, s'est montré surpris qu'il n'y eût pas plus de douze victimes, étant donné que la concierge voisine affirme avoir vu entrer douze personnes dans l'hôtel. Des recherches menées diligemment ont permis de découvrir que M. Jules Pontin, petit-fils de M. Alcide Touffard, n'était point parmi les victimes. La police s'est immédiatement rendue à son domicile et a trouvé dans son lit une

jeune femme de mœurs légères, Mlle Pinçon
d'Artigor. Celle-ci a déclaré que M. Pontin avait
quitté son domicile la veille au soir à huit heures
pour aller fêter l'anniversaire de son grand-père.

« Faut-il conclure de cette déclaration que
M. Jules Pontin, échappant au massacre, a réussi à
s'enfuir? Mais alors, pourquoi n'avait-il pas alerté
le voisinage? Faut-il croire qu'il a lui-même
participé à cet abominable forfait?...

« Aucun objet précieux n'a disparu de la
demeure du milliardaire, et le coffre-fort n'a pas
été ouvert. Détail curieux, bien fait pour dérouter
les recherches : M. Alcide Touffard avait sur lui un
portefeuille contenant vingt-trois mille francs,
auquel les bandits n'ont pas touché, tandis que les
autres convives ont été dépouillés de leur argent et
même de leurs bijoux... A l'heure où nous mettons
en page, M. Jules Pontin demeure introuvable. »

O'Dubois se commanda encore une chope de
bière et dit en se frottant les mains :

— Alors, Joubin, qu'est-ce que vous pensez de
cette affaire-là, vous?

— Je pense qu'il faut mettre la main sans tarder
sur ce Jules Pontin. C'est lui qui a machiné cet
horrible crime.

— Pourquoi donc?

— Cherchez à qui profite le crime...

O'Dubois jeta sur son fidèle ami un regard
bienveillant et dit en hochant la tête :

— Joubin, vous venez de faire une réflexion

d'une portée incalculable. Vous m'entendez, incalculable.

— Oh! c'était bien simple, repartit Joubin, avec modestie. Il fallait y penser, voilà tout.

— Mais vous raisonnez comme un facteur rural, se hâta d'ajouter O'Dubois. Pourquoi diable voulez-vous que ce pauvre Jules Pontin ait assassiné douze personnes? S'il en avait eu l'intention, il n'aurait pas été si bête que de n'avoir pas préparé un alibi; il n'aurait pas disparu de cette manière soudaine qui fait douter s'il est mort ou en fuite, deux situations tout à fait défavorables à un héritier. Vous n'ignorez pas que la loi interdit à l'assassin d'hériter de sa victime... Non, pour que Jules Pontin fût coupable, il faudrait que la vengeance eût été le mobile du crime; la vengeance ou un accès de folie furieuse. Je ne le crois pas. Joubin, rappelez-moi le nom de cette belle personne que la police a trouvée dans le lit de M. Pontin.

— Pinçon d'Artigor.

— Pinçon? voilà un curieux prénom...

— Encore une pince, murmura Joubin, la cinquième.

— Vous voyez, Joubin. Il suffit parfois d'un détail infime pour établir un lien entre deux affaires qui paraissaient d'abord n'avoir aucun point commun. A vrai dire, j'avais déjà pressenti cette relation entre le crime et la découverte du chapeau haut de forme. Une fois de plus, les faits confirment mon intuition, et j'espère savoir, avant un quart d'heure, à quoi m'en tenir sur la disparition de Jules Pontin. Cependant, j'ai une mission des plus délicates à vous confier. Je voudrais que vous passiez chez le chapelier Pince Rodel et vous informiez si M. Jules Pontin comptait parmi ses clients. Ensuite, vous procéderez à une enquête pour dénombrer exactement la famille de feu M. Alcide Touffard. Je pense qu'on en est informé à l'heure actuelle dans toutes les rédactions de journaux. Tout cela ne demandera pas plus d'un quart d'heure. Je vais boire une chope de bière et, à votre retour, je vous dirai où se trouve actuellement M. Jules Pontin.

— Vous le savez déjà?

— Non, mais je vais y réfléchir sérieusement. A propos, ne laissez soupçonner à personne que je m'occupe de l'affaire.

Joubin héla un taxi pour accomplir sa mission, et O'Dubois alluma une cigarette.

*

Joubin descendit de son taxi et accourut avec un visage rayonnant d'orgueil.

— Vous êtes en retard de deux minutes, dit aigrement O'Dubois.

— Oui, mais...

— Et vous oubliez de régler votre taxi.

Joubin, riant de sa distraction, retourna sur ses pas et, dans l'enthousiasme où il était de sa

découverte, il allongea au chauffeur un pourboire
important. O'Dubois s'impatientait.

— Je n'ai pas perdu mon temps, lui dit Joubin.
En vous quittant tout à l'heure, il m'est venu une
idée étonnante.

— Je vous ai pourtant prévenu que si vous
persistiez à avoir des idées, je me passerais de votre
collaboration.

— Cher ami, laissez-moi vous dire. J'ai eu l'idée
d'aller interroger la concierge de Jules Pontin.

— C'était inutile.

— Attendez! j'ai appris que Jules Pontin faisait
la noce, qu'il était collectionneur et qu'il était
endetté jusqu'au cou.

— Je le savais par l'édition spéciale que je viens
d'acheter.

O'Dubois déplia son journal et le mit sous les
yeux de son collaborateur qui s'effondra.

— Enfin, murmura le malheureux, j'avais tout
de même raison. Il avait besoin d'argent, et il a
assassiné sa famille. La preuve en est qu'à l'heure
actuelle, il est encore en fuite.

O'Dubois haussa les épaules, visiblement agacé.
Il riposta sèchement :

— Jules Pontin n'est pas en fuite. Il est mort.

— Mort? Vous savez où il est?

— Naturellement que je le sais. Croyez-vous
que j'aie perdu mon temps à bavarder avec des
concierges, moi?

De confusion, Joubin devint écarlate, mais la
curiosité lui donna la hardiesse d'interroger :

— Où est-il?

— Il est sur le trottoir d'en face.

— Vous vous moquez.

— Sur le trottoir d'en face. C'est comme je vous le dis.

— Intuition? crut pouvoir ironiser Joubin.

O'Dubois ne daigna pas répondre. Il prononça sévèrement :

— Je crois vous avoir confié une mission délicate. Je suis encore à attendre votre compte rendu. Le chapelier?

— Je suis passé chez ce M. Pince Rodel et je lui ai fait subir un interrogatoire serré auquel il n'a pas su se dérober. D'abord je lui ai demandé pourquoi il s'appelait Pince Rodel. Son père, m'a-t-il dit, s'appelait Raoul Pince, et sa mère Germaine Rodel. Je ne sais pas ce que vaut l'explication, il faudra vérifier si...

O'Dubois l'interrompit d'une voix furieuse et jura qu'il allait lui casser la tête s'il ne répondait pas très précisément à ses questions : Jules Pontin était-il un client du chapelier Pince Rodel?

— C'était un très bon client, de même que son frère Léonard Pontin et son cousin Pierre Touffard.

— Bon. Et maintenant, dites-moi de combien de membres se composait la famille de M. Alcide Touffard.

— De douze membres sans compter l'aïeul. Ainsi que nous l'avions prévu, j'ai pu me procurer la liste complète dans les bureaux de *Paris-Crimes*.

La voici. Je puis donc, si vous le désirez, vous instruire rapidement de la généalogie de la famille Touffard.

— Allez, et soyez bref.

— Alcide Touffard, le milliardaire, était un enfant de l'Assistance publique. En 1871, alors qu'il était encore garçon de courses, il épousa une servante qui sortait également de l'Assistance publique. Il en eut un fils et deux filles dont l'une resta célibataire. Le fils eut trois enfants d'un premier lit et trois enfants d'un second lit. La fille aînée d'Alcide Touffard épousa un monsieur Pontin dont elle eut une fille et un garçon. Devenue veuve, elle eut encore un fils deux ans après la mort de son mari. Ce fils est précisément notre Jules Pontin. Il est assez remarquable qu'aucun des petits-enfants d'Alcide Touffard ne se soit marié, mais comme ils vivaient plutôt chichement, à cause de l'avarice bien connue du milliardaire, on suppose qu'ils attendaient la mort du bonhomme pour organiser leur existence. Je crois avoir été clair?

— Parfaitement clair, Joubin.

— A votre tour, voulez-vous m'expliquer clairement où se trouve Jules Pontin?

— Je vous ai dit : sur le trottoir d'en face. Voyez-vous à droite de l'arbre où vous avez découvert le chapeau, ce kiosque cylindrique bariolé d'affiches de théâtre? Jules Pontin est à l'intérieur. Vous ne me croyez pas? Allez faire un tour près du kiosque. Il fait une chaleur accablante, et le mort doit commencer à sentir.

Joubin traversa le boulevard, fit le tour du
kiosque et dit en revenant :

— Il sent.

*

O'Dubois commanda deux bocks, les but tous les
deux, et consentit à entrer dans le détail de la
découverte.

— Lorsque nous avons trouvé les trois objets au
pied de l'arbre, le hasard m'a servi singulièrement.
Supposez qu'au lieu de cette pince-monseigneur,
vraisemblablement oubliée par les meurtriers de
Jules Pontin, nous ayons trouvé un rossignol ou un
trousseau de clés. J'aurais pensé : voilà un trousseau de clés, une pince à sucre et un lorgnon.
L'ensemble ne présentait aucun intérêt. Mais il y
avait la pince-monseigneur à côté de la pince à
sucre, et j'ai pensé « pince-nez » pour « lorgnon ».
J'étais donc en présence d'une triade de pinces qui
ne pouvait manquer d'éveiller ma curiosité. Admi-
rez, Joubin, que l'aspect des mots soit parfois plus
suggestif que l'aspect des objets qu'ils désignent.
Un poète y trouverait son compte... Après avoir
découvert le chapeau par un effort d'intuition qui
restera l'honneur de ma carrière, j'étais en droit de
croire que son propriétaire n'avait pas choisi par
hasard un chapelier du nom de Pince Rodel. C'est
votre avis ?

— Bien sûr, approuva Joubin.

— J'attire votre attention sur le pince-nez.

Notez que le lorgnon ne se porte plus guère, la mode est aux lunettes à monture d'écaille. Ce client de Pince Rodel, qui promenait des pinces à sucre dans sa poche et s'obstinait à porter un pince-nez, ne pouvait être qu'un maniaque...

— Je vous demande pardon, osa Joubin, mais d'où saviez-vous que le propriétaire du chapeau le fût également de la pince à sucre et du pince-nez?

— Intuition, répondit sèchement O'Dubois. Ne m'interrompez donc pas pour des bêtises.

Joubin se confondit en excuses, et O'Dubois poursuivit sur sa prière :

— Lorsque j'ai appris par le journal l'assassinat de la famille Touffard, j'ai tout de suite pensé que Jules Pontin, dont on signalait la disparition, devait être le propriétaire du chapeau, à cause de cette demoiselle Pinçon d'Artigor. Une chose me gênait pourtant : le haut-de-forme était marqué aux initiales P. T., au lieu de J. P., mais je n'ai pas tardé à en trouver une explication satisfaisante que votre enquête chez le chapelier a d'ailleurs confirmée; par mégarde, Jules Pontin avait pris le chapeau de son cousin Pierre Touffard, lequel était également le client du chapelier Pince Rodel. Et voilà...

— Mais enfin, ce n'est pas tout?

— Peuh! la suite est si simple qu'elle ne vaut pas d'être racontée.

Il fallut que Joubin se fît suppliant pour qu'il consentît à compléter son récit.

— Si l'on veut suivre Jules Pontin dans ses

pérégrinations d'hier au soir, il ne faut pas oublier un instant que notre homme était un collectionneur de pinces : à sucre, à linge, à dessin, etc. et qu'il arrive à peu près constamment, chez les maniaques de cette espèce, que le mot désignant l'objet de leur manie devienne une obsession de tous les instants. En arrivant chez le milliardaire, où les douze personnes s'étaient donné rendez-vous pour cette petite fête de famille, Jules Pontin a présenté ses vœux à son grand-père. Il a aidé à dresser la table pour avoir l'occasion de mettre une pince à sucre dans sa poche; ensuite, il n'a pas pu résister au désir de faire le pince-sans-rire et après avoir fait observer qu'on allait être treize à table, il est sorti en déclarant qu'il reviendrait en fin de soirée quand la table serait desservie. Je n'ai pas besoin de vous dire où il est allé. Vous le devinez sans peine?

— Mon Dieu... pas positivement...

— Mais c'est enfantin. Il est allé aux Folies Fredaines voir jouer la revue *Ah! pince-moi le nu.*

O'Dubois se mit à fredonner le grand air à la mode et Joubin l'accompagnait de sa voix de fausset :

> *Ah! pince-moi,*
> *Repince-moi.*
> *Ah! pinçons-nous,*
> *Repinçons-nous...*

— Un véritable régal pour cet amateur de pinces. Il y a lieu de penser, et la suite l'établira,

que Jules Pontin avait reçu, par les soins de ses
meurtriers, un billet pour le grand spectacle des
Folies Fredaines. De même qu'il avait reçu une
invitation à l'ouverture de l'Astarté, ce nouveau
dancing qu'on inaugurait hier soir dans la rue
Vignon, à deux pas d'ici.

— Vous oubliez qu'en sortant du théâtre Jules
Pontin devait regagner l'hôtel du milliardaire.

— Sans doute. Mais comment eût-il résisté au
désir d'entrer dans une de ces boîtes que l'on
désigne familièrement par le nom de pince-fesses?
Notez d'ailleurs que l'Astarté est à mi-chemin
entre les Folies Fredaines et la demeure du
milliardaire. Cela est d'une grande importance, car
en quittant l'Astarté, Jules Pontin était si près de
l'hôtel de son grand-père qu'il devait s'y rendre à
pied et emprunter nécessairement l'itinéraire prévu
par ses assassins qui l'attendaient sur le boulevard.
Plus exactement, ils l'attendaient dans l'arbre où
nous avons trouvé le chapeau haut de forme.

Joubin sourit d'un air avantageux.

— Vous voulez dire, O'Dubois, que la victime
s'est rendue bénévolement dans l'arbre même où
l'attendaient les assassins?

— C'est exactement ce que je veux dire. Allons,
décrochez votre sourire, Joubin, vous m'agacez.

Courbant la tête, Joubin prit un air consterné, et
O'Dubois poursuivit :

— Quand Jules Pontin est sorti du dancing, il
était certainement plus de deux heures et demie du
matin. Le boulevard était à peu près désert Tandis

que Jules Pontin passait auprès de l'arbre ses regards furent attirés par un objet brillant abandonné au milieu du trottoir. C'était une pince à sucre qu'il mit dans sa poche. Il en vit une autre, puis deux, trois, quatre, qui le menèrent au pied de l'arbre contre lequel était dressée une échelle. Levant la tête, il vit briller des pinces dans les branches. La présence de l'échelle ne le surprit pas, à cause des travaux de ravalement de l'immeuble voisin dont vous apercevez les échafaudages. Le champagne de l'Astarté lui donnait d'ailleurs un peu dans la tête et empêchait qu'il s'étonnât de rien. Il s'assura simplement que personne ne le voyait, gravit les échelons et fut appréhendé aussitôt. Le reste n'était plus, pour les assassins, que de la besogne de manœuvre. Ils avaient tout le reste de la nuit pour s'en acquitter à loisir. Ils purent, sans quitter l'arbre, soulever le chapiteau du kiosque dont le sommet se dissimule dans le feuillage, et, par cette ouverture, précipiter le cadavre de Jules Pontin. Je suppose qu'ils l'auront préalablement rendu méconnaissable et affublé d'autres vêtements. Les assassins n'ont commis qu'une faute grave : c'est, en oubliant le chapeau haut de forme coincé dans les branches, d'avoir fourni une pâture à mes facultés intuitives.

Loyalement, O'Dubois garda le silence une minute pour laisser à son collaborateur le temps de formuler quelques critiques, mais Joubin le regardait bouche béante avec une admiration dévotieuse.

— Vous voyez, comme c'est simple, reprit

O'Dubois. Il ne fallait que découvrir le chapeau. Le reste n'était qu'une interprétation raisonnable des données qui m'étaient fournies : les pinces, l'échelle que vous pouvez apercevoir dressée maintenant contre l'échafaudage, la déposition de Mlle Pinçon d'Artigor déclarant que son ami avait dû s'abstenir d'aller au théâtre et au bal pour fêter l'anniversaire du milliardaire ; ce morceau de serpentin rouge qui vous tire les yeux, dans le feuillage de l'arbre tragique...

Joubin allongea le cou, mais ne vit pas trace de serpentin. Il demanda :

— Enfin, pourquoi l'ont-ils assassiné dans cet arbre, au lieu de l'assassiner avec les autres ?

— Pour faire croire qu'il était l'assassin, ce dont vous étiez vous-même persuadé tout à l'heure.

— Et qui donc est l'assassin ?

— Je n'en sais rien encore. Mais je vais y réfléchir en buvant un demi de cette excellente bière, et il n'est pas douteux que je comble votre curiosité.

*

O'Dubois méditait depuis treize minutes et n'avait rien découvert encore qui le mît sur la piste des assassins. Il était un peu nerveux. A côté de lui, Joubin parcourait distraitement la troisième page de son journal. O'Dubois, agacé par la placidité de son collaborateur, lui jeta un coup d'œil irrité ; puis, son regard s'abaissa sur la troisième page du

journal et, par hasard, accrocha un titre en carac-
tère gras : *Discussion du budget*. Il pâlit tout d'un
coup et murmura d'une voix étranglée par l'émotion :

— Joubin, réglez vite les soucoupes et filons
pendant qu'il est temps.

Les consommations payées, O'Dubois héla un
taxi, et à haute voix lui donna l'ordre de le conduire
à la gare de l'Est. Joubin lui demanda s'il s'agissait
d'atteindre les assassins dans une course aux
poteaux-frontières. O'Dubois garda le silence.

A mi-chemin de la gare de l'Est, ils prirent un
autre taxi qui les conduisait sur la rive gauche, d'où
ils regagnèrent la rive droite par le métro. Après
avoir pénétré dans divers immeubles à double
issue, comme de simples détectives professionnels,
ils reprirent un taxi qui les déposa au bois de
Vincennes. O'Dubois loua un canot pour une
promenade sur le lac, donna les rames à Joubin, et
lorsque la barque fut à égale distance des deux
rives, soupira en s'épongeant le front :

— Comment n'y avais-je pas pensé plus tôt?...

Le dévoué collaborateur avait lâché les rames
pour écouter les précieuses confidences.

— Vous-même, Joubin, comment n'y avez-vous
pas pensé? La solution était si simple... Mais non,
je suis injuste. Cette solution, c'est vous qui me
l'avez livrée. Ah! Joubin, vous êtes un grand
détective! Lorsque vous m'avez appris l'assassinat
de la famille Touffard, vous avez tout de suite
désigné le meurtrier, vous!

— Jules Pontin, n'est-ce pas? J'avais raison?

— Imbécile! J'ai perdu vingt minutes à vous
expliquer qu'on l'avait assassiné, et vous en êtes
encore là? A défaut d'intuition, je vous accordais
un semblant de bon sens...

— Je ne comprends pas. Vous me dites que j'ai
désigné le meurtrier.

— Voyons, Joubin, ne m'avez-vous pas dit
expressément : « Cherchez à qui profite le crime? »

— En effet, mais je ne vois pas...

— Naturellement que vous ne voyez pas. Pour y
voir, il faut justement chercher à qui profite le
crime. Si nous écartons la vengeance comme
mobile du crime, et il y a à cela des raisons
définitives que les journaux mêmes ont déjà démê-
lées, il reste l'intérêt. Le crime peut-il être le fait
d'une entreprise de cambrioleurs? Non, puisque
rien n'a été dérobé dans l'hôtel du milliardaire.

— Pardon, les hôtes du milliardaire ont été
dépouillés de leurs bijoux et portefeuilles.

— C'est vrai, et nous reviendrons sur ce point
tout à l'heure. Je n'en maintiens pas moins que des
cambrioleurs se seraient attaqués au coffre-fort et
au portefeuille de M. Alcide Touffard. Voilà qui
est acquis. Faut-il soupçonner un industriel de la
chaussure d'avoir voulu frapper une entreprise
rivale dans son chef? Mais pourquoi eût-il assassiné
douze autres personnes? C'était accumuler des
difficultés inutiles. J'en dirai tout autant des
financiers ou des hommes politiques que l'influence d'Alcide Touffard aurait pu contrarier.

— Le cercle se resserre, murmura Joubin qui caressait encore secrètement l'espoir que Jules Pontin serait incriminé.

— Oui, le cercle se resserre singulièrement. Vous le savez, chacun des enfants et petits-enfants avait intérêt à exterminer tous les autres membres de la famille, afin de s'assurer la totalité de l'héritage. Mais puisque tous ont succombé dans cette boucherie, il faut bien laisser leurs mémoires en paix.

Joubin s'agita à son banc de rameur et fit vaciller l'embarcation.

— Enfin, s'écria-t-il, vous constatez vous-même que personne n'était intéressé à la mort de ces malheureux!

— Je vous demande pardon, Joubin, mais il reste encore un héritier.

— Comment? Un héritier? Mais qui donc?

O'Dubois regarda autour de lui pour s'assurer qu'ils étaient bien seuls et répondit en baissant la voix :

— L'État.

Joubin ouvrit de grands yeux et demeura muet d'étonnement.

— Oui, mon pauvre Joubin, l'État. C'est lui l'héritier du milliardaire, maintenant que toute la famille a péri. C'est à lui et à lui seul que profite le crime... Encore une fois, comment n'y ai-je pas songé plus tôt? Pourtant, j'avais entendu dire que l'État était gêné, qu'il n'arrivait pas à boucler son budget. On allait même jusqu'à faire courir le bruit

qu'il se résignait à faire des économies, à entrer
dans la voie des restrictions, et peut-être y a-t-il
songé vraiment. Mais il fallait faire rentrer de
l'argent frais, le temps pressait... Alors l'État,
devant l'imminence du péril, a eu une idée géniale.
Il a découvert qu'il existait en France un milliardaire n'ayant pour toute famille qu'une dizaine
d'enfants et de petits-enfants. C'était un cas
unique. En effet, combien y a-t-il de personnes qui
n'aient pas au moins un millier de cousins, en
partant d'un bisaïeul ou d'un trisaïeul?

Joubin, qui commençait à se sentir oppressé, se
détendit en songeant à ses quatorze neveux, aux
huit filles de son oncle Ernest, et aux fiançailles du
septième enfant de son cousin Alfred. Il soupira :

— On a bien raison de dire que Dieu bénit les
familles nombreuses.

— Comme Alcide Touffard était un enfant de
l'Assistance publique, de même que sa défunte
épouse, l'État n'avait pas à redouter de surprise.
D'autre part, le milliardaire aimait trop ses enfants,
malgré son avarice, pour avoir choisi un héritier en
dehors de sa famille. L'État était donc sûr de son
affaire.

O'Dubois secoua la tête de côté et d'autre,
comme s'il eût été mécontent de lui-même.

— En vérité, Joubin, je suis impardonnable de
n'avoir pas, au moins, soupçonné le coupable en
écoutant l'exposé des faits que vous m'avez lu dans
votre journal; souvenez-vous : « Chacun des
convives était ligoté sur sa chaise, et sa cervelle

s'échappait dans son assiette par un trou creusé au sommet du front à l'aide d'un marteau et d'un ciseau à froid. » Ce raffinement dans la cruauté n'est-il pas comme une estampille de l'État? Je vous le demande, Joubin, à vous qui êtes contribuable...

— C'est bien vrai, approuva Joubin d'une voix douloureuse.

— Et cet autre passage auquel vous faisiez allusion tout à l'heure : « M. Alcide Touffard avait sur lui un portefeuille contenant 23 000 francs, auquel les bandits n'ont pas touché, tandis que les autres convives ont été dépouillés de leur argent et même de leurs bijoux. » Naturellement! l'État n'avait pas besoin de dépouiller le milliardaire puisqu'il devenait son légataire universel.

— Il le devenait également des autres victimes?

— Sans doute, mais les autres victimes avaient pu faire des dettes, ou tester en faveur d'une maîtresse...

— Mais comment l'État a-t-il réussi à s'introduire dans la demeure d'Alcide Touffard?

— Il a dû entrer sans se cacher vers la fin de l'après-midi. Personne ne pouvait s'étonner de sa présence. Vous savez qu'aujourd'hui l'État a un droit de regard partout. Lorsque les convives se furent attablés, il les ligota l'un après l'autre sur leurs chaises, sans se presser, tranquillement. Il avait le temps, puisque Jules Pontin, à qui il avait fait adresser, par les Beaux-Arts, un billet de

théâtre et une invitation à l'Astarté, ne devait
quitter le dancing qu'à deux heures du matin.

— Ce qui m'étonne, c'est que les convives se
soient laissé faire...

— Et la Majesté de l'État, Joubin, qu'en faites-
vous? Et la bonne volonté des citoyens qui atteint
parfois à une si touchante résignation? Nous en
voyons tous les jours de ces malheureux assujettis
qui se laissent dépouiller de leur chemise même,
sans élever un murmure de protestation. Comment
la famille Touffard eût-elle résisté à un commandement de l'État parlant à sa personne? Entre nous,
je suis même persuadé que la précaution de ligoter
les victimes était superflue. L'État aurait très bien
pu les décerveler sans qu'aucun d'eux esquissât le
moindre geste de défense. Mais je vous l'ai dit,
l'État n'était pas pressé, il tuait le temps comme il
pouvait. Je pense qu'il a dû quitter l'hôtel vers
minuit moins le quart, qu'il est rentré chez lui et
qu'il en est ressorti entre une heure et une heure et
demie pour aller s'installer dans son arbre du
boulevard de la Madeleine.

— Mais où est-ce, chez lui? Vous dites qu'il est
rentré chez lui.

— Je ne sais pas, il a tant de domiciles... les
musées, les églises, les ministères, les casernes, les
palais. Il est chez lui presque partout, même sous
les ponts... L'État s'est donc installé dans l'arbre
après avoir semé des pinces à sucre sur le trottoir...
mais vous connaissez la suite.

Joubin, écrasé par la puissance et la simplicité

des déductions de son illustre ami, demeura longtemps silencieux, frissonnant d'horreur à cette
évocation de l'effroyable drame. Comme O'Dubois
l'invitait à reprendre les rames, il interrogea :

— Et maintenant, O'Dubois, qu'allons-nous faire?

— Rien du tout, vous m'entendez. Je pars ce
soir pour l'Angleterre et je vous emmène avec moi
pour être sûr que vous ne bavarderez pas. Tout à
l'heure à la terrasse du café, j'ai eu l'intuition que
l'État rôdait sur le boulevard, près du lieu du
crime, et il n'est pas impossible que notre présence
ait éveillé ses soupçons...

— Vous croyez? balbutia Joubin.

— Je n'en suis pas sûr. D'ailleurs, il n'a pas pu
nous identifier et nos précautions auront suffi à le
dépister. N'importe, je crois qu'il vaut mieux pour
nous de nous tenir éloignés pendant quelque
temps. D'autant plus que si nous restions à Paris, il
ne manquerait pas de fâcheux pour nous demander
de résoudre cette énigme; et je n'ai pas envie de me
faire de l'État un ennemi personnel. Tant pis pour la
justice! Je pense que le crime sera certainement
imputé à ce pauvre Jules Pontin, et j'en suis fâché
pour sa mémoire, mais je ne peux vraiment rien
pour lui.

LE MARIAGE DE CÉSAR

Il y avait à Montmartre un bougnat vertueux qui s'appelait César. Il tenait boutique de vins et charbons à l'enseigne des « Enfants du Massif ». Les ménagères qui s'approvisionnaient chez lui vantaient la qualité de sa braisette, la probité de son vin rouge, et plus encore la modestie de ses propos et de son maintien; si bien que le bruit courut de la virginité du bougnat. En général, on s'accordait à lui en faire un mérite, car il avait quarante-deux ans, et il était bel homme avec ses grandes moustaches noires. Seule de toute la rue, Mme Dupin, qui tenait un magasin de couronnes mortuaires en face des « Enfants du Massif », colportait de mauvais propos sur César, car son instinct maternel l'avertissait qu'il était amoureux de sa fille Roseline, une enfant de vingt-quatre ans, gracieuse et bien distinguée, et qui était passée par des écoles.

Mme Dupin, enragée par le doux entêtement des amoureux, essayait de répandre la calomnie par tout le voisinage; mais le bougnat n'était pas atteint dans sa réputation, et les médisances ne prévalaient pas contre la bonne odeur de ses vertus. Un matin, la mère surprit Roseline qui échangeait un sourire furtif avec César ; l'ayant giflée, elle traversa la rue et traita l'amoureux de suborneur, de paillasson et de mal appris. Le bougnat répondit par des paroles de douceur et d'humilité ; par la suite, il n'eut même pas de rancune contre Mme Dupin, mais son cœur était triste, tandis qu'il débitait la braisette, le vin rouge et les apéritifs.

Dans la clientèle du bougnat, il y avait des créatures. C'était forcé. Quand on est dans le commerce, on ne peut pas choisir son monde. Il arriva que plusieurs de ces créatures, agacées par la virginité de ce quadragénaire, ou peut-être même alléchées (il y a du monde qui a tant de vice dans la tête), formèrent le dessein de la lui ôter. C'était un projet diabolique, mais elles allaient éprouver que rien n'altérait la candeur du bougnat.

La première de ces créatures qui voulut essayer son pouvoir avait de grands yeux sombres où passaient des flammes de l'enfer. Elle arriva sur le coup d'onze heures du matin, car les créatures se lèvent tard à cause des nuits qu'elles passent dans les mauvais lieux. La démarche ondoyante, frôleuse, elle entra aux « Enfants du Massif » et soupira en s'approchant du zinc :

— Ah, monsieur César... si vous saviez, monsieur César...

Le bougnat toucha sa casquette et répondit poliment. Il était toujours poli.

— Et qu'est-ce qu'il faut vous servir, mademoiselle Pinpin?

La créature se mit à respirer avec oppression, et découvrant très haut ses jambes, feignit de rattacher ses deux jarretelles. C'était honteux. Mais il arrive à peu près constamment que la modestie couvre les yeux des personnes convenables d'une taie épaisse, appelée familièrement « peau de saucisse ». Le bougnat regardait les cuisses de l'infâme et ne voyait rien d'autre que deux tuyaux de poêle, ce qui lui fit dire, un peu au hasard :

— Alors, comme ça, vous brûlez de l'anthracite?

La pécheresse, dans un murmure ardent, riposta qu'elle brûlait d'une flamme dévorante. Mais César n'entendait rien aux figures de rhétorique, ce qui prouve bien qu'il était foncièrement vertueux.

— Je ne tiens pas cet article-là. Vous comprenez, on ne peut pas tout avoir en magasin, il faudrait penser à me faire une commande à l'avance...

Le lendemain il fut encore tenté par une autre créature de ses clientes. C'était une grande fille à la chevelure blond pervers, et qui avait une façon indécente de rire dans le nez des hommes. Elle avait guigné le moment favorable où le patron serait seul aux « Enfants du Massif ». Sous prétexte de se chercher des puces, elle mit sa poitrine à l'air en éclatant de ce rire détestable qui avait déjà fait tant de mal dans les ménages unis.

— Alors, monsieur César, comment les trouvez-vous?

— Comment je trouve les puces? Je me mouille le doigt, je les attends au deuxième rebond, et pan!

Les sourcils froncés, il surveillait les deux seins nus, et bien sûr s'il y avait aperçu une puce, il n'eût pas manqué de mouiller son doigt et de l'écraser au deuxième rebond, en toute innocence. Mais, naturellement, il n'y avait pas de puce, on l'a déjà deviné. Et la fille fut bien obligée de renfermer sa poitrine, et de convenir qu'elle n'aurait pas si facilement raison de la chasteté du bougnat.

Dès lors, chaque jour et à chaque instant du jour, César eut à repousser les assauts des vilaines femmes, qui ressentaient comme un défi à leur triste condition cette constance infaillible dans les voies de la perfection. Une fois même, il arriva qu'une de ces malheureuses, en entrant aux « Enfants du Massif », oublia son abominable dessein et respira avec émotion l'atmosphère d'humilité qui flottait parmi les relents de gros rouge et de mandarin; comme le bougnat faisait un geste d'accueil, la créature se trouva dédamnée tout d'un coup; renonçant au champagne et aux crèmes de beauté, elle trouva du travail chez une blanchisseuse de fin où elle se fit remarquer par sa bonne tenue et son assiduité.

Cependant, les filles de mauvaise vie devenaient, par le nombre, le meilleur de la clientèle des « Enfants du Massif ». En trois semaines, César eut écoulé plus de vin rouge et d'apéritifs que n'en consommaient ses clients habituels dans une année entière. Insensible aux poitrines, aux œillades et

aux paroles menteuses qui assiégeaient son zinc, il
servait les consommations et rendait la monnaie
dans un nuage de poudre de riz, tout en rêvant à la
jeune fille accomplie qui attendait l'heure nuptiale
au milieu de sa clientèle d'affligés, là-bas, derrière
la belle vitrine toute chatoyante des feuillages de
perles et des pensées de métal colorié.

Mme Dupin triomphait : il arrivait ce qui devait
arriver ; le bougnat était en train de perdre toute
une clientèle. Quelle femme à la tête solide et au
cœur bien placé oserait envoyer un fils ou un mari
chercher un sac de braisette au milieu de ces
créatures de perdition ? Il était à parier qu'avant
quinze jours, César ne vendrait plus une miette de
charbon. Plus une miette. Le caprice de ces filles
qu'il avait accueillies — on savait trop pourquoi —
le mettrait sur la paille, car un autre caprice les
ferait déserter la boutique du jour au lendemain.
Ainsi sont les filles de mauvaises mœurs, tout en
caprices.

Roseline s'affligeait des propos que sa mère ne
manquait pas de lui tenir en tête à tête. D'abord
elle objecta à Mme Dupin qu'un commerçant
n'était pas libre de choisir sa clientèle.

— Les mauvaises femmes meurent comme les
autres, maman, et je suis sûre que tu ne refuserais
pas de faire la vente d'une couronne pour l'une de
ces malheureuses.

Mme Dupin répondait qu'elle s'était toujours
inclinée devant la mort, mais que les filles de noce
n'auraient jamais besoin de ses offices, car elles

finissent toutes à l'hôpital et à la fosse commune.

A la fin, lassée par tant d'obstination et de méchanceté, Roseline n'opposait plus à sa mère qu'un silence mélancolique.

La réputation des « Enfants du Massif » se répandit sur le boulevard de Clichy et dans tout le voisinage de la place Pigalle. Les filles en station aux terrasses des cafés annonçaient la nouvelle qu'il existait, à mi-flanc de la Butte, un bougnat aux yeux couleur d'aurore, à la longue moustache fière, et dont la virginité défiait la hardiesse et l'habileté des plus belles. On disait aussi qu'un seul de ses regards suffisait à donner la chance, ou à dissiper la mélancolie des personnes qui étaient dans le malheur.

Le noyau des ferventes de la première heure fut bientôt confondu dans la foule des nouvelles clientes qui se pressaient si nombreuses que César, n'arrivant pas à servir tout le monde, prit une servante pour l'aider. Puis la nécessité s'imposa d'abattre la cloison qui séparait la boutique de l'arrière-boutique. Pour compenser d'aussi lourdes charges, le bougnat fut obligé d'augmenter le tarif des consommations, dans le rapport du simple au triple. Enfin, au lieu de fermer sa porte à neuf heures du soir comme autrefois, il accueillit sa clientèle jusqu'à minuit.

L'assiduité de ce troupeau de filles perdues aurait pu, dans cette rue paisible, devenir un péril redoutable aux épouses et aux mères de famille, car les hommes ne sont pas toujours raisonnables.

Heureusement, Mme Dupin comprit où était son devoir. Dans son magasin, chez les voisines, ou sur le marché de la rue Lepic, elle alertait les honnêtes femmes et les mettait en garde contre le danger permanent qui menaçait leur tranquillité.

— Surtout, disait-elle, ne laissez pas sortir votre mari le soir, ni vos fils. Ils disent qu'ils vont jouer à la manille avec des camarades, et ils s'en vont chez le bougnat jusqu'à des minuit passé. Et une fois qu'ils sont entrés là-dedans, c'est le commencement du malheur, je vous dis.

Les avertissements de Mme Dupin eurent un résultat salutaire. Les époux du voisinage furent étroitement surveillés et interdits de sortir le soir. Il y en eut un grand nombre qui apprirent à faire de la tapisserie ou de la dentelle au crochet. On peut même affirmer que la plupart prirent une conscience meilleure de leurs devoirs d'époux. C'était un plaisir de les voir qui cherchaient à se rendre utiles dans leur ménage. Cela seul devait prouver plus tard que l'œuvre du bougnat était bonne.

Dans les cafés et les boîtes de nuit de Montmartre, on ne parlait que d'aller ou d'être allé « chez César ». Entre minuit et quatre heures, il y avait toujours une double file de voitures immobilisées sous les fenêtres de Mme Dupin.

Pour satisfaire sa clientèle, César avait dû se résigner à acheter la crémerie voisine, à sa gauche, puis la boutique du photographe à sa droite. Il abattit les cloisons mitoyennes, décora les murs avec des guirlandes de papier et rendit obligatoire

Le nain

la consommation du champagne afin de sélection-
ner sa clientèle. Pour une centaine de francs, les
amateurs pouvaient ainsi danser au son d'un orgue
de Barbarie dont chacun considérait l'idée comme
une trouvaille très originale. Le zinc primitif des
« Enfants du Massif » avait disparu pour faire place
à un bar américain au long duquel s'alignaient de
hauts tabourets. Avaient disparu également les
rayonnages où s'entassaient jadis les sacs de braisette.

Au milieu de ces transformations, César demeurait vierge. A vrai dire, il y avait moins de mérite
que par le passé. Les soucis de son entreprise
suffisaient à le garder de toute espèce de tentation,
et sa virginité avait résisté à tant d'épreuves que les
créatures s'étaient résignées à cesser leurs assauts.
D'ailleurs, les habituées du bar avaient fini par
découvrir les touchantes amours de César et de
Roseline qui continuaient à échanger de muettes
promesses d'un côté à l'autre de la rue. Attendries
par cette constance, elles formaient des vœux pour
que la Providence favorisât l'union de ces deux
âmes si méritantes.

C'était à qui se souviendrait d'un parent défunt,
d'un ami en péril de mort, pour saisir l'occasion
d'acheter une couronne ou un vase funéraire. Le
sentiment familial se réveillait peu à peu dans ces
âmes obscurcies par le vice, et même le sentiment
de la charité, car elles se mirent à surveiller leurs
amies en traitement à l'hôpital, afin de pouvoir leur
apporter, au moment des adieux suprêmes, le

viatique d'un bouquet d'immortelles en alumi-
nium.

Mme Dupin les accueillait avec bonté, en songeant que ces malheureuses étaient plus à plaindre
qu'à blâmer ; et si elle leur faisait payer le prix fort,
c'était dans la pieuse pensée que le denier à la vertu
ainsi prélevé serait autant de moins qu'elles dépen-
seraient à de vaines frivolités.

Un soir que Roseline, sous la lampe familiale,
travaillait à raccommoder ses bas, tout en rêvant
qu'elle reprisait les chaussettes d'un époux,
Mme Dupin acheva de compter ses couverts
d'argent dans le buffet de la salle à manger, et se
prit à rêver tout haut :

— Ce M. César, dit-elle, c'est quand même un
travailleur. Je suis sûre qu'il gagne de l'argent...

Elle prononça ces paroles avec un accent de
bienveillance qui toucha le cœur de Roseline.

— Il faut bien qu'il ait gagné de l'argent,
puisqu'il vient d'acheter la maison des « Enfants du
Massif ».

Mme Dupin demeura un moment silencieuse,
puis elle murmura :

— Je voudrais bien savoir quel prix il l'a payée.
Il est certain que ce n'est pas une très belle maison.

— Une maison de trois étages, tout de même,
repartit Roseline avec vivacité. A deux appartements par étage, c'est un revenu d'au moins vingt-
quatre mille francs.

Mme Dupin vint s'asseoir en face de sa fille, qui
avait suspendu son travail de raccommodage.

— Roseline, dit-elle d'une voix grave et tendre,
quand ton pauvre papa est mort, tu venais d'avoir
huit ans le dix-sept mars. Mon cher Félicien, je le
vois encore dans sa chemise de nuit bordée d'un
petit filet mauve. Il était maigre, avec une pauvre
tête grosse comme le poing. Il n'avait jamais été
fort de la tête ; les chapeliers en étaient toujours
surpris. Mais il était beau tout de même. Et il a
gardé sa connaissance jusqu'au bout.

Mme Dupin essuya une larme. Roseline en
essuya une autre.

— Une heure avant de mourir, il me disait
encore en parlant de toi : « Tout ce que je te
demande, c'est qu'elle ait de l'instruction, et qu'elle
épouse un garçon travailleur. »

Le souvenir du cher disparu plana un instant sur
la salle à manger d'acajou, et après un silence
recueilli, Mme Dupin prit la main de sa fille entre
les siennes :

— Roseline, je t'ai fait donner de l'instruction,
mais je n'ai encore accompli qu'une partie de ma
tâche. Il me reste à choisir le garçon travailleur qui
saura te rendre heureuse. Depuis le premier jour où
M. César s'est installé dans la rue, j'ai cru deviner
qu'il avait un sentiment pour toi. Mais je n'ai pas
voulu paraître l'encourager d'abord, car mon devoir
de mère m'obligeait à prendre des garanties. On ne
voit pas toujours du premier coup si l'on a affaire à
un garçon capable...

Mme Dupin sourit malicieusement et ajouta :

— Je ne savais pas non plus si tu l'aimerais un jour.

Les roses de la pudeur fleurirent sur les joues de Roseline. Trop émue pour prononcer l'aveu, elle se jeta au cou de sa mère en pleurant des larmes de joie et de reconnaissance.

Pourtant, Mme Dupin ne chercha pas à précipiter le dénouement. D'abord elle en était empêchée par des raisons de dignité. D'autre part, Mme Dupin ne voulait pas s'engager à la légère; certes, elle ne doutait pas que César eût déjà beaucoup d'argent, mais elle savait combien l'existence des « Enfants du Massif » dépendait des caprices de la mode, comme toutes les boîtes de cette espèce. Il se pouvait que la saison prochaine, la vogue se perdît de venir danser chez César, au son de l'orgue de Barbarie. Sans doute, il resterait l'hôtel nouvellement aménagé, mais, la clientèle du bar une fois dispersée, il perdrait les trois quarts de sa valeur... Mieux valait réserver sa décision pendant quelques mois encore, puisque l'on pouvait compter sur la fidélité du prétendant.

Un soir d'été que Roseline fermait le magasin, un vieux monsieur ivre sortit des « Enfants du Massif » et se fit écraser par un camion automobile. Roseline poussa un cri d'horreur que César entendit depuis son comptoir. Il traversa la rue avec précipitation, et soutint dans ses bras la jeune fille prête à s'évanouir. Mme Dupin sortit à son tour, tapa dans les mains de sa fille et remercia César de son empressement.

— Maman, murmurait Roseline, c'est affreux...
Oh! c'est affreux...

Cependant elle souriait tendrement à son sauveur. César jeta un coup d'œil sur les débris du
vieux monsieur que les agents disputaient à la
foule, et dit avec une sensibilité qui était surtout
dans l'intonation de sa belle voix grave :

— C'était un bon client. Il vous dépensait un
billet par semaine comme rien, soit au bar, soit à
l'hôtel. D'habitude il venait toujours avec son
gendre. Un bon client aussi, son gendre... J'espère
qu'il me restera, lui.

Le lendemain César pénétrait pour la première
fois dans le magasin de Mme Dupin, pour choisir
une couronne.

— C'est à cause du gendre, expliqua-t-il, je
voudrais lui montrer qu'on sait être délicat dans la
limonade aussi bien qu'ailleurs.

Roseline composa aussitôt un très joli bouquet de
fleurs en fer-blanc. Elle le fit avec tant d'habileté,
de grâce mutine, que César ne put retenir l'aveu de
son amour.

— Madame Dupin, dit-il avec fermeté (car il
avait sa conscience pour lui), madame Dupin,
j'aime Mlle Roseline depuis deux ans, et je suis un
honnête homme.

La glace était rompue. Mme Dupin versa un
pleur en regardant sa chère petite qui, rougissante,
nouait un ruban de crêpe autour de son bouquet;
puis elle demanda :

— L'un dans l'autre, monsieur César, qu'est-ce que votre affaire peut vous rapporter?

César répondit fièrement, et l'on devinait qu'il était sincère :

— J'ai payé pour quinze mille francs d'impôts cette année, et je suis loin d'avoir déclaré tout mon revenu. Pour vous donner un exemple, tenez : Quand une femme a rencontré un particulier dans ma maison et qu'ils ont réussi à s'entendre, c'est l'habitude qu'elle me fasse un petit cadeau en argent. Vous pensez bien que je ne vais pas en parler au fisc. Ni vu ni connu, pas vrai?

— Bien entendu, monsieur César. Ce n'est pas moi qui vais vous donner tort, ni Roseline.

— Je ne voudrais pas avoir l'air de me vanter, reprit César, mais vous voyez que je gagne bien ma vie.

— Je ne dis pas le contraire, monsieur César, mais quand on a comme moi la responsabilité de marier une fille élevée dans les bons principes, on est obligé de s'assurer de l'avenir. Roseline n'a jamais manqué de rien ici; je ne voudrais pas qu'elle puisse me reprocher un jour d'avoir été imprudente.

— Je vous répète que je gagne bien ma vie.

— Et je vous crois, monsieur César. Mais voyez-vous, dans notre genre de commerce, on est habitué à pouvoir compter sur la clientèle. Quoi qu'il arrive, il mourra toujours du monde dans le quartier, vous me comprenez?

César commençait à comprendre. Les paroles de

Mme Dupin précisaient une inquiétude qui l'avait déjà vaguement tourmenté; depuis quelque temps, il observait en effet un léger fléchissement de la consommation du champagne. La renommée des « Enfants du Massif » avait d'ailleurs suscité dans le voisinage plusieurs bars où l'on dansait également au son de l'orgue de Barbarie, et qui commençaient à lui faire du tort.

— Enfin, poursuivit Mme Dupin, il n'est pas douteux que le succès de votre entreprise doit beaucoup à votre réputation d'homme vierge, et si vous épousiez Roseline, il vous serait difficile de vous prévaloir...

— Bien sûr! approuva César avec une impétuosité dont Roseline se sentit toute frémissante.

César fit de fréquentes visites au magasin d'accessoires mortuaires. Il était toujours bien accueilli, mais il se sentait enclin à douter de l'avenir. Roseline elle-même, cédait parfois au même découragement; le soir lorsqu'elle se retirait dans sa chambrette, il lui arrivait de verser des larmes bien cruelles. Mais c'était là de courts moments de défaillance. Le lendemain matin, elle se reprenait à espérer d'un cœur plus fort.

César était de plus en plus préoccupé par la difficulté des affaires. Les filles et les fêtards avaient épuisé le plaisir de danser au son de l'orgue de Barbarie. Comme tout le monde, César dut se résigner à faire les frais d'un saxophone et d'un banjo. Malgré ces sacrifices, la vogue des « Enfants du Massif » allait chaque jour déclinant. Lorsque la saison d'été arriva, l'orchestre ne jouait plus que pour une demi-douzaine de couples, et l'hôtel en était réduit à louer ses chambres à la semaine ou à la journée, comme un simple hôtel de voyageurs. Les frais généraux absorbaient presque le total des recettes.

— Madame Dupin, disait-il, c'est vous qui aviez raison, et vos avertissements n'auront pas été inutiles. Ce qu'il faut dans la vie, c'est avoir une position solide. Un bar comme le mien dans une rue écartée, ce n'est pas sérieux, même avec un hôtel au-dessus. Et puis, ce n'est pas dans mon tempérament d'assassiner du monde à coups de cocktails. Question de boire, je ne suis pas ennemi de boire, mais je dis et j'estime qu'il y a des limites.

Durant toute la saison d'Américains, César s'absenta fréquemment au milieu de la journée, et entretint une correspondance mystérieuse. Des hommes qui portaient le chapeau melon sur l'oreille venaient lui rendre visite dans la matinée. Un jour, un écriteau annonça la fermeture du bar.

Cependant, Roseline et César profitaient des moindres absences de Mme Dupin pour échanger de longues confidences. De ces entretiens, Roseline sortait un peu exaltée, et sa joie illuminait les vitrines de couronnes d'une flamme tendre et juvénile. Les mauvais jours attristés par le doute semblaient enfuis.

Un soir qu'elle dînait en face de sa mère, Roseline paraissait plus agitée qu'à son habitude. Tour à tour rougissante et pâlissante, elle riait nerveusement, et il ne fallait rien de moins que cette réserve pudique où une bonne éducation l'avait accoutumée pour qu'elle dominât son émoi. Le repas terminé, elle offrit son bras à sa mère et la conduisit jusqu'à la fenêtre qu'elle ouvrit toute grande.

La nuit était tombée ; une brise caressante courait au flanc de la Butte, et l'on entendait les flonflons de la place du Tertre, Mme Dupin poussa un faible cri : de l'autre côté de la rue, l'enseigne dorée des « Enfants du Massif » avait disparu, les volets étaient clos, et, au-dessus du bar, un numéro lumineux flamboyait doucement à côté d'une lanterne de couleur.

— Ma chérie, murmura Mme Dupin, ma chérie...

— César a voulu te faire la surprise, maman. On a posé la lanterne après la fermeture du magasin.

Il y eut une minute de silence poignant. Madame Dupin se sentait défaillir d'émotion, et, les yeux humides, ne se lassait pas de regarder la lanterne :

— Si ton pauvre papa était là, comme il serait heureux, lui aussi !

*

Levées de bonne heure, toutes les anciennes clientes des « Enfants du Massif » faisaient la haie devant la porte de l'église pour féliciter les nouveaux époux.

Lorsqu'elles aperçurent le couple radieux qui

sortait de l'église, ce fut un long murmure d'admiration, qui n'allait pas sans mélancolie, car beaucoup de ces malheureuses, faisant un triste retour sur la misère de leur condition, ne pouvaient s'empêcher de réfléchir que le vrai bonheur ne s'acquiert ici-bas qu'au prix d'une bonne conduite.

Cependant, la noce remontait en voiture, et s'arrêtait bientôt devant le magasin de couronnes mortuaires, que Mme Dupin avait fermé pour la circonstance. A leur descente de voiture, les époux furent salués par des cris d'allégresse, qui semblaient venir de l'autre côté de la rue : les pensionnaires du n° 27, par une touchante inspiration, témoignaient leur confiance dans les destinées de la maison et souhaitaient la bienvenue à travers les lamelles des persiennes closes.

— Vive la patronne! Vive Mme Roseline! Vive la patronne!

Après un bon déjeuner servi dans la salle à manger de Mme Dupin, César et Roseline traversèrent la rue pour se rendre à leur domicile. Quoiqu'il fût à peine trois heures après-midi, ils eurent la bonne surprise de trouver quatre clients dans le salon. Favorable présage!

Un an après son mariage, Roseline mit au monde un beau garçon que l'on appela Félicien, du nom de son grand-père. Nous renonçons à décrire la joie de cette famille unie et laborieuse, nous nous contenterons d'ajouter que Félicien fit honneur à ses parents, en passant brillamment de nombreux examens.

TROIS FAITS DIVERS

Sous un ciel sans lune, deux assassins se rencontrèrent à un carrefour. Ils allaient dans la nuit avec tant de précautions qu'ils se trouvèrent l'un face à l'autre sans avoir entendu le bruit de leurs pas. Tous deux, ils eurent un mouvement de frayeur que chacun prit pour une menace de l'autre. Le plus grand, qui avait des épaules de lutteur et la tête grosse comme une pomme, serra une trique qu'il balançait entre deux doigts. L'autre, un petit homme sec, ouvrit son couteau de poche. Un moment, ils furent immobiles, sur la défensive, les épaules remontées, le cou tendu en avant, écoutant leurs respirations oppressées. Dans l'ombre, ils s'apercevaient en silhouettes confuses, et leurs yeux luisaient d'inquiétude. Enfin, l'homme au gourdin laissa passer une plainte entre ses dents serrées par la peur. Alors l'autre eut un soupir de détente.

— Je m'appelle Finard, dit-il. La chose est arrivée ce soir que nous sommes. Il était neuf heures moins le quart.

L'homme à la tête grosse comme une pomme

soupira à son tour et laissa retomber son gourdin.

— Je m'appelle Gonflier. Moi aussi, il était tout juste neuf heures moins le quart.

Ils restèrent une minute silencieux, ne sachant pas encore ce qu'ils feraient de leur rencontre.

— Et alors, murmura Finard, qu'est-ce que tu comptes faire ?

Gonflier eut un grand geste, de fatigue et d'incertitude.

— Je ne sais pas. Je vais devant moi. J'ai déjà marché bien des kilomètres... Je n'ose pas quitter la route.

— Moi non plus, je n'ose pas. Et pourtant, il vaudrait mieux d'être dans les bois.

— On pourrait faire un moment de chemin ensemble ? proposa timidement Gonflier.

Les deux hommes firent quelques pas sur le carrefour, sondant la nuit coupée en quatre par la route aux bras blancs. Ils se mirent d'accord sur une direction et marchèrent l'un derrière l'autre, sur le bas-côté de la chaussée où l'herbe étouffait le bruit de leurs pas. Gonflier allait en avant, à grands pas, et sa tête minuscule se perdait dans la nuit. Après cinq minutes de silence, Finard se poussa contre lui et dit à mi-voix :

— Je me demande...

Gonflier sursauta en poussant un cri d'effroi et se retourna, le gourdin haut... Finard interrogea d'une voix étranglée :

— Quoi... qu'est-ce que c'est ? Qu'est-ce que tu as vu ?

— Ah! c'est toi, balbutia Gonflier. C'est bête, je t'avais oublié. Je me suis figuré... ah, qu'est-ce que je me suis figuré...

Avec sa manche, il essuya la sueur qui coulait sur son visage.

— A propos, qu'est-ce que tu voulais me dire? Tu disais : je me demande...

— Je ne sais plus... Non, c'était seulement pour causer. Tu ne dis rien, toi. Ce n'est pas la peine d'être deux, j'ai presque plus peur que quand j'étais tout seul. On peut bien causer un peu. Tout à l'heure, je t'ai dit que je m'appelais Finard.

— Finard, oui, tu t'appelles Finard... J'ai connu du monde qui s'appelait Finard. Il y a même un Finard qui est marchand de vin, et qui fait bien ses affaires. Je me souviens de lui avoir acheté un petit fût de blanc. Il s'appelle bien Finard comme tu dis. Et j'en connais d'autres...

— Bien sûr, Finard, c'est un nom comme il y en a beaucoup. Mais des Gonflier, je n'en ai jamais connu. Gonflier. On ne peut pas non plus savoir tous les noms qu'il y a... Dis donc? Si tu aimes mieux que je marche devant?

— Je veux bien, accepta Gonflier avec empressement. La nuit est si noire...

— Heureusement qu'on a la nuit pour nous, dit Finard qui allait maintenant en tête. Il ne fera pas toujours nuit...

Il s'interrompit et l'autre ne releva pas le propos qui faisait déjà surgir une aube de fait divers sur la campagne méfiante. Mais le silence leur parut

bientôt insupportable. Finard s'arrêta et dit tout
bas :

— Veux-tu savoir comment les choses sont
arrivées?

— Les choses... non, attends. Laisse-moi parler
le premier, je vais te raconter ce qui s'est passé.

— D'abord moi. Écoute, tu vas comprendre tout
de suite...

— Non, laisse-moi dire le premier. J'aurai vite
fait...

Finard se fâcha et fit valoir qu'il avait eu
l'initiative des confidences.

— C'est bon, accorda Gonflier, mais dépêche.

*

Finard le prit par le bras et, au moment de
parler, marqua un peu d'hésitation, embarrassé par
ce qu'il avait à dire.

— Je ne suis pas un mauvais homme, dans le
fond, et je n'ai jamais passé pour un mauvais
homme. Quand j'étais gamin...

— Pas tant, coupa Gonflier, je n'ai quand même
pas besoin que tu viennes me raconter ta première
communion!

— Il faut bien trouver le premier bout de la
vérité... Enfin... il y a cinq ans...

— Plus près, nom de nom, plus près! Ou alors
tu n'auras jamais fini...

— C'est bon, il y a deux ans... ah! non ne râle
plus, c'est tout ce que je peux te rabattre. Donc, il y

a deux ans, j'ai rencontré une femme. Une blonde, mais blonde, tu sais. Tiens, il faut qu'il fasse nuit comme cette nuit pour se représenter la blonde qu'elle était. Et belle, une peau dorée je ne peux pas dire comme, et partout...

Il en rêva une minute, et Gonflier en profita pour avancer :

— Moi, ma femme n'était pas blonde tout à fait. A bien la regarder, elle était même plutôt brune...

— Arrête donc, tu m'empêches d'aller. Enfin, je t'ai dit comme elle était. Une vraie belle femme...

— Je vois ce qui s'est passé. Tu te seras trouvé jaloux tout d'un coup, comme ça arrive. Moi, ma femme...

— Je ne te parle pas de ta femme, je te parle de la blonde. De la première fois que je l'ai vue, j'en suis tombé comme fou. J'étais marié pourtant, et j'avais une fille de six ans. N'empêche. Tu me diras que je n'aurais pas dû ? D'accord que je n'aurais pas dû, mais quand on est amoureux d'une femme, c'est tout qui s'en va à l'envers.

— Bien sûr. Moi, dans un sens, c'est bien ce qui m'est arrivé quand je me suis marié. Figure-toi...

— Ta gueule, voyons, tu sais bien que je n'ai pas fini. Le malheur pour moi, c'est que la blonde était veuve, et tu vas bien voir pourquoi. D'abord, tout s'est passé comme il faut. J'allais chez elle deux fois par semaine, le soir, et je rentrais vers ma femme vers les minuit, comme si je revenais de faire une partie de cartes au café. C'était commode. Mais l'autre s'est mis en tête de me faire venir tous les

jours de la semaine. Moi, je ne voulais pas, à cause
de ma femme d'abord. Et puis, tous les soirs, ça
épuise l'homme, quand on est encore obligé de
faire des politesses dans son ménage.

— Alors, il y a eu dispute, et tu l'as tuée sans le
faire exprès. Moi...

— Mais non, je ne l'ai pas tuée, j'ai fini par faire
comme elle voulait. Mais ma femme a compris et,
moi, j'ai eu du remords, parole. Je ne rentrais
jamais plus tard que minuit. Pourquoi faire tour-
menter le monde quand on peut s'en dispenser. Je
le dis et je le répète, moi je n'ai jamais eu mauvais
cœur. Mais la blonde, jamais contente, décide que
je passerais toutes mes nuits chez elle et jusqu'au
matin. Je veux bien qu'elle avait du plaisir avec
moi, mais quand même... et puis, déranger un
homme de cette façon-là! J'ai dit non pendant
toute une semaine, et à la fin, qu'est-ce que tu
veux, il m'a fallu accepter. Pour un homme qui
aimait sa femme comme j'aimais la mienne, c'était
dur. Aussi, tu peux croire que la blonde ne
s'amusait pas tous les jours. Des fois, on n'en
finissait pas de se chamailler...

— Enfin, quoi! s'impatienta Gonflier, de dispute en dispute, tu as fini par la tuer!

— Attends, laisse-moi t'expliquer. La semaine
passée, elle me dit que les choses ne pouvaient plus
durer : la situation n'était pas claire pour les gens
de sa connaissance, et d'un côté elle avait peut-être
raison. Il fallait choisir, ou bien ne plus la revoir,
ou bien laisser ma femme et ma maison et venir

habiter chez elle. Je l'ai envoyée promener, elle est revenue à la charge et je me suis mis en colère pour de bon. Je l'ai traitée de garce...

— Et c'est ce coup-là que tu l'as tuée, conclut Gonflier avec satisfaction. Moi...

— Mais non, tu ne me laisses le temps de rien. Avant-hier soir, elle m'a fermé sa porte, et pour me faire ouvrir, j'ai dû promettre qu'à partir de la semaine suivante, je viendrais m'installer chez elle. J'ai toujours été un homme de parole, je n'allais pas me dédire après coup, mais tu peux croire que je n'étais pas content de ce qui m'arrivait...

— Ça fait que tu l'as...

— Surtout qu'il me fallait prévenir ma femme, et c'était ce qui me coûtait le plus. Il y en a qui seraient partis sans rien dire, mais je n'aurais pas voulu lui faire une impolitesse. Ce soir-là, à la fin du dîner, elle était à table avec la petite, toutes les deux en face de moi. Je me balançais sur ma chaise et je retardais toujours le moment de causer. « Marie, que je lui fais, Marie... » mais je n'arrivais pas à lui en dire plus long. Elle me regardait d'un air qui me faisait mal pour elle. Et moi, de la voir avec cet air-là, le cœur m'a fondu. Je me suis levé et j'ai pris un grand couteau de cuisine que je lui ai planté dans la poitrine. Je ne savais plus où j'en étais. J'appuyais sur le manche et je lui caressais la tête de l'autre main. Elle me regardait gentiment, tu sais. Et puis, ses yeux ont chaviré. Morte, elle était.

Finard poussa un long soupir et reprit d'une voix fatiguée :

— C'est quand j'ai entendu crier la petite que la peur m'a empoigné. J'ai pris un morceau de pain sur la table et je suis parti en fermant la porte à clé derrière moi...

— Il y a du malheur quand même, dit Gonflier.

— Crois-tu, hein? Une si bonne femme! Il a fallu que l'accident lui arrive à elle. Ce n'est pourtant pas de ma faute. Ce n'est pas ma faute...

— On ne peut rien contre ce qui doit arriver. Moi, je te dirai qu'hier encore, je ne me doutais guère...

— Réponds-moi donc, au lieu de parler de tes affaires! Tu n'as point de conversation! Est-ce que je lui voulais du mal, à ma femme? Est-ce que c'est de ma faute? Tu dois bien voir que je ne suis pas un homme à être méchant!

— Je n'ai pas dit que tu étais un mauvais homme, accorda Gonflier. C'est la même chose pour moi, justement. Que je te raconte...

Finard ne se résigna pas tout de suite à lui donner la parole. Il disait qu'il avait raconté trop vite et voulait recommencer l'histoire depuis le début. L'autre dut se mettre en colère.

*

— Sur tout le pays, commença Gonflier, tu n'arriverais pas à trouver un homme plus doux que moi. Je n'ai jamais fait de mal seulement à une

bête. Tu m'aurais vu pleurer pour moins que rien,
et dans les enterrements c'était l'habitude qu'on me
place tout de suite derrière la famille. C'est bien la
preuve que j'étais doux.

— Pas forcément, objecta Finard. C'est peut-
être que tu étais bien habillé.

— Il y a ça aussi. Mais j'étais doux, et je ne
l'invente pas. Tous ceux qui ont connu Gonflier te
le diront.

— Et moi, donc? s'écria Finard. Tu vas peut-
être dire que je n'étais pas doux?

— Pas comme moi, non. Je ne voudrais pas te
vexer, mais, vois-tu, ce n'est pas possible.

— Qu'est-ce que tu en sais? Tiens, je vais te
raconter comment ça s'est passé, une bonne fois. Je
suis sûr que tu n'as pas bien compris...

— Ne me casse pas les oreilles avec ta femme,
dit Gonflier. Écoute-moi.

Remontant à dix années en arrière, il entreprit
un récit copieux où il était surtout question d'intérêts de famille, de prés et de bétail mal soigné.
Finalement, le drame éclatait dans la soirée, à
neuf heures moins le quart.

— En entrant dans l'écurie, je vois tout de suite
que les vaches n'avaient pas eu leur fourrage. Ça
m'a donné un coup, tu penses. Je m'en vais à la
cuisine. La femme était là, avec les deux enfants
dans ses jupons. Moi, j'étais en colère, à cause des
bêtes, et j'en viens à lui dire : « Au lieu de tourner
dans ta cuisine, tu ferais mieux de soigner les
vaches. » N'importe quelle femme aurait répondu

pour s'excuser, quitte à chercher un mensonge.
Elle? Penses-tu! Elle s'est mise à rire, sans un mot.
Moi, bien sûr, j'aurais dû lui claquer la tête, mais je
n'ai jamais pu battre une femme. Ce n'est pas dans
mon tempérament. Je lui dis encore : « Vas-tu me
répondre, tout de même? » Elle continue à rire, et
plus fort. Alors, je ne sais plus bien ce que je lui ai
dit, mais j'ai empoigné la hache et je les ai abattus
tous les trois, elle et mes deux enfants.

— Là, je trouve que tu as été vif, dit Finard. Ce
n'est pas pour te faire un reproche, mais tu as été
vif.

— Tu ne comprends pas, gémit l'homme à la
tête grosse comme une pomme. Tu ne peux pas
savoir...

— Ça va bien de tuer sa femme, puisqu'on ne
peut pas faire autrement. Mais les enfants, non et
non!

— Tu vois, je ne te le fais pas dire : c'est bien la
preuve que je ne suis pas méchant et que j'avais
tout bonnement perdu la tête. Un homme raisonnable n'aurait jamais fait une chose pareille. Enfin,
mets-toi à ma place. Mais non! tu ne veux pas te
donner la peine de réfléchir.

— A ta place, dit Finard, je me serais mieux
conduit... Voilà tout.

— N'empêche que tu as tué ta femme, dit
Gonflier, et sans même avoir l'excuse d'être en
colère. Dis le contraire?

— C'est entendu, mais moi je n'ai pas touché à
un cheveu de la petite!

— Non, mais tu l'as enfermée avec le corps de sa mère. Moi, c'est une chose que je ne me pardonnerais jamais de ma vie... Jamais!

— Pourtant, tu te pardonnes d'avoir tué tes deux enfants qui ne t'avaient rien fait du tout... Hein? Tu te pardonnes?... Avoue-le, ne te gêne pas.

Gonflier, en se frappant la poitrine, protesta qu'il était dévoré de remords.

— C'est égal, répondit Finard, on sent bien que tu n'as pas autant de chagrin que moi. Franchement, ce n'est pas comparable.

Longtemps, ils se disputèrent la palme du martyre. Ils parlaient de leurs souffrances avec tant d'exaltation qu'ils finirent par éclater en sanglots. Ils se consolaient mutuellement, en se donnant de grandes claques dans le dos. Devant eux, au bout de la route, la lune s'était levée, éclairant un paysage plat, barré par la forêt. Finard se calma le premier, non sans avoir fait observer qu'il surmontait sa douleur, mais qu'il avait du mal. Et il ajouta :

— De pleurer soulage toujours un peu, mais il ne faut pas abuser non plus.

— C'est vrai, approuva Gonflier, il vaut mieux ne pas se laisser aller.

Baissant la tête, il examina son compagnon à la clarté de la lune. Finard avait le front court, une mâchoire de dogue et une jolie moustache noire sous son grand nez farceur.

— Tu es comme moi, dit Gonflier, tu n'as pas une tête à tuer du monde.

Finard eut un sourire de douce mélancolie entre sa moustache noire et sa mâchoire de dogue :

— Ni l'un ni l'autre, nous n'avons mérité ce qui nous est arrivé. On était des garçons bien tranquilles tous les deux, et c'est toujours les meilleurs, justement, qui tombent sur des mauvaises femmes... Tu n'as pas remarqué?

— Cent fois! J'ai eu un oncle, tu n'imagines pas le bon homme qu'il était. Pourtant, sa femme n'arrêtait pas de lui chercher des raisons, si bien qu'il a fini par l'enterrer vivante... Heureusement, l'affaire n'a été connue que dans le pays, mais c'est pour te dire...

Finard et Gonflier, mis en gaieté par la fantaisie du vieil oncle, se mirent à rire discrètement.

— Dans notre malheur, dit Finard, c'est tout de même une chance de nous être rencontrés.

Ils se regardaient avec amitié, heureux de ne plus souffrir de solitude. Ils n'étaient pas seulement liés par la similitude de leurs aventures, mais par une compréhension mutuelle. Leurs remords en étaient apaisés. Ils s'habituaient à l'idée de leurs crimes en accusant la fatalité. Ils se sentaient réprouvés, séparés de la vie habituelle et commençaient à s'organiser dans un monde d'exception. Maintenant, ils écoutaient sans impatience le récit de leurs existences, s'appliquant à y découvrir des signes de leur mansuétude.

— Pour tout le bien que j'ai fait dans ma vie, disait Gonflier, on peut me pardonner beaucoup de choses.

— Moi aussi, disait Finard. Quand je pense à tous les services que j'ai rendus et qui ne me seront jamais comptés... Mais c'est comme ça : il n'y a pas à espérer de la reconnaissance de personne... Tu les connais aussi bien que moi...

— Pour un soir où on s'est fatigué d'être bon, c'est tout le reste qui est oublié, tout d'un coup.

Ils versèrent encore des larmes sur leur bonté et sur l'ingratitude des hommes, entrecoupant leurs sanglots d'invocations à une justice obscure qui n'était ni celle de Dieu, ni celle des hommes : une justice à la mesure du monde nouveau qu'ils imaginaient à leur convenance. Sur la plaine, le silence était si parfait qu'ils pouvaient se croire seuls au monde, et ils le croyaient un peu. A force d'échanger des absolutions, d'affirmer l'innocence de leurs intentions, les deux hommes se sentaient pleinement rassurés. Au lieu de fuir un péril, il leur semblait au contraire marcher à la rencontre d'une promesse heureuse, d'un paradis qu'ils ne situaient nulle part, mais tout illuminé par leur bonté. Ils allaient d'un grand pas, pressés d'y arriver.

*

A deux ou trois cents mètres devant eux, la route pénétrait dans les bois, et ils regardaient, avec un sentiment de sécurité, le profil lourd de la forêt, découpé sur la clarté de la lune. Avant de s'y engager, Finard proposa quelques minutes de repos et tira de sa poche un morceau de pain dont il fit deux parts, gardant pour lui la plus petite.

— Ce qui est fait est fait, soupira Finard en
s'asseyant à côté de Gonflier sur le revers du fossé;
il n'y a plus à y revenir. C'est arrivé malgré nous, et
tout ce qu'on y peut, c'est de le regretter.

— Nous, au moins, on ne peut ´pas nous
reprocher de ne pas le regretter...

— On en devient même un peu bêtes, tous les
deux. Il faut savoir se raisonner. Si on s'écoutait,
on ne mangerait bien plus.

— Ce qui compte, c'est de savoir qu'on n'a
point de méchanceté. Je connais des hommes qui
ne pourraient pas en dire autant, quoiqu'ils n'aient
jamais fait de mal, comme ils disent. J'en connais
plus d'un, et il y en a tant qu'on ne pourrait jamais
les compter!

Et Gonflier, en songeant à ces hommes indignes,
mordit avec colère dans son quignon de pain.

Finard lui dit doucement :

— J'aime autant être dans ma peau que dans la
leur, vois-tu!

— Et moi donc! Quand je pense que j'ai pu
vivre avec ces gens-là!... Tiens! j'en viens à ne plus
rien regretter du tout!

— C'est pourtant vrai qu'il faut en arriver là,
soupira Finard. Heureusement, tout le monde n'est
pas comme eux. Dans le tas, il y en a qui valent
tout de même mieux que les autres.

— Je voudrais bien les connaître, ceux-là! protesta Gonflier d'une voix hargneuse.

— Il faut penser à tous les malheureux comme
nous qui courent entre la nuit et les bois, ou qui se

cachent dans un coin, parce qu'un couteau ou une hache se trouvaient à portée de leurs mains au moment qu'ils étaient en colère contre leurs femmes, contre un ami, contre une belle-mère, ou encore au moment qu'ils avaient besoin d'argent. Il y en a, tu sais, il y en a...

Gonflier demeura pensif, ému par l'énoncé de toutes ces infortunes.

— Et tu crois qu'ils sont beaucoup?

— On ne peut même pas s'en faire une idée... Mais tu n'as qu'à lire les faits divers dans les journaux : il y en a des colonnes tous les jours.

— Alors, nous deux, dit Gonflier, ce qu'on vient de faire, c'est un fait divers?

— Pas autre chose.

Ils échangèrent un sourire cordial et méditèrent un moment en silence.

— La preuve qu'il y en a beaucoup, fit observer Finard, c'est que nous nous sommes rencontrés. Tu peux être sûr qu'il n'en manque pas d'autres, et s'ils étaient tous réunis, tu peux croire qu'il y aurait du monde. Il faudrait plus d'une ville pour les loger.

— Une ville... murmura Gonflier, une ville où on ne serait rien qu'entre nous...

— J'y ferais venir la blonde, rêva Finard.

— Moi j'aurais des haches, des couteaux, des fusils, plein une maison...

*

Ils cheminaient depuis quelques minutes lorsqu'ils entendirent un bruit de pas, et à cinquante
mètres devant eux, un homme sortit du bois. On
n'apercevait encore qu'une silhouette vague, perdue
dans l'ombre des arbres, que la lune projetait sur la
plaine. Finard et Gonflier s'étaient arrêtés au
milieu de la route, le poil hérissé par cette
apparition surgie d'un monde qu'ils avaient cru
pouvoir oublier. Ils ne songeaient ni à s'enfuir, ni à
se concerter; ils n'avaient même pas peur. La
surprise les rendait muets.

L'homme avançait rapidement. Lorsqu'il sortit
de la ligne d'ombre, il n'était plus qu'à une
trentaine de mètres. On ne distinguait pas les traits
de son visage qui se présentait à contre-clair, mais,
à sa démarche et à ses gestes, on pouvait juger qu'il
était dans une grande agitation.

Finard et Gonflier, le cœur battant de curiosité,
regardaient venir sur eux ce messager d'un monde
lointain. L'homme était nu-tête et parlait en
gesticulant. Sans comprendre le sens de ses paroles,
ils entendaient sa voix rauque, tantôt plaintive,
tantôt menaçante. Tout à coup, Finard serra le bras
de Gonflier et murmura avec exaltation :

— Il est des nôtres. C'est un malheureux
comme nous. Regarde-le, écoute-le...

— C'est vrai, balbutia Gonflier. Il n'a pas l'air
tranquille...

— Pas moyen de s'y tromper : ça se connaît au premier coup d'œil!

Les deux compagnons eurent un rire ému. Ils étaient transportés d'allégresse. Leur ville commençait à se peupler, leur monde devenait une réalité, et ils imaginaient déjà, dans leur enthousiasme, une levée d'assassins et de parias sur la plaine blanche de lune. Ils allèrent à la rencontre de l'homme, et Finard, lui ayant posé la main sur l'épaule, lui dit d'une voix affectueuse, mais déférente, à cause de son épingle de cravate et de la triple chaîne d'or qui barrait son gilet :

— Alors, vous aussi, à ce que je vois...

— Vous aussi? répéta Gonflier.

L'autre leva les yeux, regardant avec indifférence les deux inconnus qui l'encadraient.

— Mon pauvre ami, reprit Finard, c'est encore à propos d'une histoire de femmes, hein?

— Ah! les femmes..., murmura Gonflier avec compassion. Toujours les femmes!

L'homme parut sensible à l'accent de ces paroles et dit d'une voix lasse :

— Les femmes, oui, les femmes...

Pourtant, lorsque Gonflier le prit familièrement par le bras, il eut un geste de résistance.

— Laissez-moi, dit-il.

Mais on lui parlait si doucement qu'il se laissa entraîner. Finard lui avait pris l'autre bras et soupirait :

— Nous aussi, on est passé par là... nous aussi, tous les deux, et ce soir même...

— On sait ce que c'est que le malheur, allez.

— Avec les femmes, dit Finard, il en arrive de
toutes sortes. Voilà Gonflier qui peut vous en
parler aussi bien que moi. D'être bon garçon ne
porte pas chance, et nous voilà maintenant trois
malheureux pour le dire. Rien qu'à vous voir de
profil, je suppose que vous n'avez guère mérité non
plus ce qui vous est arrivé. Je suis même prêt à
parier que c'est tout le contraire.

L'homme s'appuya lourdement aux bras des
compagnons. Il pleurait en silence.

— Allez-y, dit Gonflier, vous serez soulagé, vous
verrez. Nous aussi, on a pleuré.

— Ce qui vous ferait le plus de bien, suggéra
Finard, ce serait de vous confier à des amis.

*

L'homme hocha la tête, ses paupières battirent
sur ses yeux mouillés.

— Je m'appelle Langelot, dit-il. J'ai six cent
mille francs de rente.

D'admiration, Gonflier blasphéma. Finard eut
un geste attristé et murmura :

— C'est tout de même dommage, quand on est
riche à ces hauteurs-là, vous direz ce que vous
voudrez.

— Je vous le dis pour que vous compreniez bien
mon histoire. L'année dernière, j'ai rencontré une
femme et j'ai commis l'imprudence de lui faire la
cour. Elle avait les yeux jolis et une petite voix

douce. Maintenant que j'y pense dans la nuit, je crois que c'est sa voix qui m'a fait perdre la tête. Je ne pouvais plus me passer d'entendre cette voix-là, si douce et qui chantait...

— Le sentiment ne se commande pas, fit observer Finard. C'est comme tout le reste.

— Je lui disais que je l'aimais. Alors elle riait. « En êtes-vous bien sûr ? » Mon Dieu...

Langelot médita un pleur, mais Gonflier le remit au fil :

— Allons, ayez du courage. Raidissez-vous. Pour une voix de femme !

— Bien sûr, pour une voix de femme, vous ! J'étais célibataire, mais vous comprenez pourquoi j'hésitais à parler de mariage. Quand on a six cent mille francs de rente, on hésite à les porter à droite ou à gauche. Ah ! j'avais bien raison de me montrer prudent. Si l'on savait... Je me suis décidé pourtant, sur les conseils d'un ami commun qui portait un collier de barbe rouge...

Langelot serra les poings et se prit à vociférer d'une voix maladroite qui n'était pas habituée à de tels éclats :

— Le sale type ! Je lui en foutrai des colliers de barbe rouge ! Voyou ! Mais je voudrais le tenir, là, au milieu de la route... Je l'obligerais à me demander pardon... Je le dresserais ! Je lui étranglerais le cou sous son collier de barbe rouge !

— Mais non, protesta Gonflier, paternel et conciliant, vous ne feriez pas ça.

— Comment? Je ne ferais pas ça? Pas de pitié, vous m'entendez! Je l'étranglerais...

— Ce ne serait guère raisonnable, dit Finard. Il faut savoir se contenter. N'y pensez plus, à ce sacré collier de barbe rouge...

— N'y plus penser? ricana Langelot. Attendez la suite, attendez... Ce triste individu a donc réussi à me persuader. A l'entendre, elle avait toutes les séductions, toutes les qualités aussi, et je n'étais que trop disposé à le croire. Il était d'ailleurs bien vrai qu'elle fût séduisante. Sans doute n'avait-elle pas un sou de fortune personnelle; en fait d'espérances, rien qu'un oncle maternel qu'elle appelait habilement « mon vieil oncle », mais qui avait à peine quarante-cinq ans, et une santé de fer. Oh! je n'aurais jamais songé à lui en faire le reproche, si elle s'était conduite loyalement, comme une épouse doit se conduire. Vous me voyez en colère, mais d'habitude je n'ai point de méchanceté...

— Nous non plus! s'écrièrent Finard et Gonflier! Il n'y a pas plus doux que nous autres!

Langelot eut un rire amer, et oubliant son récit, s'absorba dans une méditation silencieuse.

— Ce n'est pas tout, dit Finard, il vous reste à dire maintenant le principal de l'affaire.

— C'est vrai, le principal et le plus douloureux. Je me suis donc marié à la fin de l'année dernière. C'était une bien belle cérémonie, il y avait du monde plein l'église. Lui, il était témoin à notre mariage... Voyou! Et après, il était toujours fourré chez moi. C'était l'ami de la maison, et il couchait avec ma femme, autant le dire tout de suite!

— Pour être franc, dit Finard, je m'y attendais depuis le commencement.

— Moi, dit Gonflier, aussitôt que vous avez parlé de l'étrangler, je me suis douté de quelque chose.

— C'est curieux. Moi qui les voyais tous les jours, j'étais à cent lieues de m'y attendre. Il faut bien le dire, j'étais parfaitement heureux avec ma femme. Je l'aimais plus encore qu'avant notre mariage, et chaque jour davantage. Elle avait une voix si douce..., il est des choses dont on ne peut pas parler, qu'on peut à peine imaginer; mais le mariage permet aux jolies voix de femme des modulations que la modestie interdit à une jeune fille bien élevée. Je ne croyais pas qu'il y eût au monde un bonheur comparable au mien. Et dire qu'elle avait un amant... Mais je n'en aurais rien su si le hasard ne m'en avait fourni la preuve. Je m'absentais parfois pendant deux ou trois jours pour m'occuper de mes intérêts. Ce soir, je suis rentré un jour plus tôt que je n'avais prévu. Il faisait beau, je suis venu de la gare à pied...

— Je vous demande pardon, interrompit Finard, mais à quelle heure êtes-vous arrivé chez vous?

— Il n'était pas tout à fait neuf heures moins le quart, si j'ai bonne mémoire.

— Pareil que nous! s'écria Finard. Neuf heures moins le quart! mais je l'aurais parié!

— C'est le plus beau de l'affaire, exulta Gonflier. Juste moins le quart!

Émerveillés par la rencontre, ils riaient en se
pinçant les côtes derrière le dos de Langelot. Celui-
ci, choqué par une hilarité aussi bruyante, déclara
d'un ton sec :

— Je ne me doutais pas, quand vous avez
sollicité mes confidences, que vous cherchiez un
divertissement. Je regrette maintenant...

— Surtout, n'allez pas vous vexer, dit Finard. Je
ris avec Gonflier parce que la même aventure nous
est arrivée justement à l'heure que vous dites. Mais
vous pensez bien que ni l'un ni l'autre, nous
n'avons le cœur à plaisanter. Vous disiez que vous
étiez revenu de la gare à pied...

— Oui, je voulais faire à ma femme la surprise
de mon retour, et je me suis glissé dans la maison
sans être vu de personne. En montant au premier
étage, j'entends une voix d'homme dans sa
chambre; j'ouvre la porte et je le vois, lui, tout nu
dans son collier de barbe rouge. Vous m'entendez
bien. Tout nu devant ma femme. C'est incroyable,
n'est-ce pas?

— Ces choses-là saisissent toujours un peu, dit
Finard. C'est presque forcé.

— Moi, qui suis son mari, c'est une liberté que
je n'ai jamais prise. L'idée ne m'en serait même
pas venue, et, voyez-vous, c'est peut-être ce qu'il y
a de plus irritant... Ma femme était assise sur le
tapis, je vous laisse à penser dans quelle tenue, elle
aussi. Elle paraissait un peu gênée, mais pas trop.

« Tu vois, me dit-elle, j'avais invité notre ami... »

— Ah! c'est bien les femmes! fit observer Gonflier.

— Alors, quand j'ai entendu sa voix, cette même petite voix qu'elle avait d'habitude... Mon Dieu, quand je l'ai entendue...

Il se tut, accablé par la précision de ses souvenirs, et Finard le pressa d'une voix avide :

— Alors?

— Alors? interrogea Gonflier.

Langelot, passant sa main sur son front, conclut d'une voix brisée :

— Je n'ai pas pu en supporter davantage... Je me suis sauvé.

*

Finard et Gonflier s'étaient arrêtés au milieu de la route. Langelot s'arrêta, machinalement, méditant sur son infortune. Après quelques instants, le silence des deux compagnons lui parut inquiétant. Il leva les yeux et vit leurs regards fixés sur son visage. L'homme qui avait la tête grosse comme une pomme se pencha sur lui et gronda d'une voix furieuse :

— Mais qu'est-ce que tu es venu faire chez nous?

— Je vous demande pardon, balbutia Langelot, il doit être tard. Je crois qu'il faudrait songer...

Il tira sa montre à plusieurs reprises et voulut se remettre en marche, mais les autres l'immobilisèrent. Il se mit à trembler :

— Tout à l'heure, vous m'avez parlé si doucement tous les deux...

Gonflier, lui arrachant sa montre, la brisa sur la
route. Finard approuva, d'un petit rire cruel, et
répondit :

— Regarde-moi. Est-ce que j'ai une gueule à
causer doucement avec le monde? Et lui, est-ce
qu'il a une gueule à causer doucement? Ah! tu t'es
sauvé... comme ça, sans rien dire, tu t'es sauvé...

Enragés par la déception, les deux assassins
jouissaient de l'angoisse du traître.

— Laissez-moi m'en aller, dit Langelot.

— Tu voudrais t'en retourner là-bas? dit Gonflier. Hein? Tu voudrais t'en retourner près des
autres?

— Il a peur que sa bourgeoise s'inquiète, ricana
Finard. De ce côté-là, au moins, nous sommes
tranquilles, nous autres.

— J'avais cru trouver des amis. Je vous ai parlé
comme à des amis.

— Il n'y a pas d'amis pour toi chez nous, dit
Finard. Moi, je viens d'assassiner ma femme.

— Ce n'est pas vrai, gémit Langelot, je ne veux
pas le croire.

Les deux autres partirent d'un grand éclat de rire
et Finard reprit avec jovialité :

— Il faut que je te raconte l'affaire. Je ne veux
pas avoir de secret pour toi. Allons, assieds-toi.

— Lâchez-moi, vous n'avez pas le droit de me
retenir!

— Aidons-le à s'asseoir, il paraît timide... là. Je

te disais donc que je venais de tuer ma femme. C'était une envie que j'avais dans la tête depuis des années, et, finalement, la semaine dernière, j'ai décidé que je lui réglerais son compte aujourd'hui. Ce matin j'avais affûté un bon couteau et j'avais même demandé à ma femme de me tourner la meule. Tout à l'heure, comme elle desservait la table, je lui dis : « Passe-moi donc le couteau que j'ai aiguisé ce matin. » Elle s'en va chercher l'outil dans le placard et dit en me le donnant : « Qu'est-ce que tu veux faire d'un couteau ? » Moi, j'avais un sourire en biais que j'aurais voulu voir dans une glace. « Tu ne devines pas ce que j'en vais faire ? » Alors, elle a compris. Je l'ai saignée pendant dix minutes.

— Laissez-moi partir... je vous donnerai de l'argent... Vous n'êtes pas méchants...

— C'est vrai, dit Gonflier, pas méchants, mais justes. Moi, ce n'est pas que j'en voulais à ma femme ou à mes enfants, mais j'avais envie de tuer. Chacun a ses travers, on ne peut rien contre la nature. Tout à l'heure, en rentrant chez moi, j'ai vu toute la famille autour de la table, et la hache posée sur un tabouret. Les choses m'ont paru si commodes, si bien préparées, que je me suis mis en bras de chemise. Même pour la femme qui était plus coriace que les enfants, il n'a fallu qu'un coup de hache. Et quand ils ont été abattus tous les trois...

Langelot geignait faiblement, comme s'il fût entré en agonie. Tout à coup, il eut une détente et bondit sur la route. Il avait le bénéfice de la surprise, et la forêt n'était pas éloignée de plus de trois cents mètres, mais Gonflier avait les jambes très longues, Finard était agile. Langelot filait de toute sa vitesse, les dents serrées, sans se retourner. Un moment, la course fut indécise, mais dans les derniers cent mètres, le souffle manqua aux deux compagnons qui se fatiguaient à injurier le fugitif, lui promettant des supplices cruels comme de lui fouiller le cœur avec un cure-dent. Lorsqu'il eut plongé dans la forêt, les assassins reprirent haleine au bord de la route, et Finard dit à Gonflier :

— S'il nous a échappé, c'est bien par ta faute. Tu étais si occupé de raconter ton histoire que tu ne l'as pas vu partir...

— Et toi, qui nous avais endormis avec tes bêtises ? Pour une femme laissée sur le carreau, tu fais bien du fracas, ma foi !

— Je fais juste ce qu'il faut. Je ne suis pas un brutal, moi.

Dissimulé au creux d'un taillis, Langelot assistait à la dispute des assassins. Il vit tournoyer un gourdin, briller la lame d'un couteau, et lorsque les deux hommes furent étendus sur la route, il rentra chez lui d'un pas vif et d'un cœur allègre, en jurant qu'on ne le prendrait plus à sortir le soir. L'aventure lui fit comprendre que le sort d'un mari berné est encore enviable, et, depuis lors, il se félicita de posséder une épouse à la voix de sirène et un ami fidèle, à la barbe de feu.

L'ARMURE

Le grand connétable crut qu'il allait mourir et dit à son roi :

— Sire, vous me voyez sur mon lit de mort, et bien affligé, car j'endure un cruel remords : m'en revenant de guerre à l'automne de l'année passée, j'ai détourné la reine de ses devoirs d'épouse.

— Ah! par exemple! s'écria le roi. Si je m'attendais à ça...

— Je vois bien que Votre Majesté ne me le pardonnera pas.

— Écoutez, Gantus, vous conviendrez que c'est délicat... D'autre part, puisque vous allez mourir...

— Votre Majesté est trop bonne. Voilà comment les choses se sont passées : revêtu de mon armure encore toute bosselée des grands coups que je reçus à votre service, je m'étais égaré au sortir de la salle des Mille Gardes, et j'errais par les chambres du palais à la recherche d'une issue, lorsque je rencontrai la reine occupée, au coin d'un bon feu, à broder sur une fine toile blanche.

— La chemise de mon dernier anniversaire,

sûrement... un chiffre brodé, avec une guirlande de marguerites?

— Ah! Sire, je suis déjà confus... mais c'était bien la guirlande que vous dites. Moi qui suis plus familier des camps que de la cour, je ne reconnus pas d'abord notre gracieuse souveraine dans cette jeune femme très belle, à la taille superbe, au visage doux...

— Je vous dispense, Gantus, de ces appréciations qui sont autant de crimes de lèse-majesté.

— Après lui avoir demandé mon chemin qu'elle m'indiqua de la meilleure grâce du monde, je me mis à lui parler sur un ton cavalier, et — que Votre Majesté m'abreuve de tous les outrages, — à la lutiner un peu. Il faut vous dire que j'avais ôté mes gantelets de fer. Mais pouvais-je me douter...

— Quand on ne sait pas, accorda le roi, on peut se tromper.

— Toute surprise de ces libertés auxquelles l'étiquette de la cour ne l'avait guère préparée, la reine ne se défendait que par les grâces de la pudeur. Et moi, sans égard à la rougeur de son front, en bon militaire que j'ai toujours été, je ne m'empressais que plus fort d'avancer mes affaires, à la dragonne. Enfin, vous savez ce que c'est...

— Bien sûr: jeux de mains, jeux de vilains. Mais ne m'avez-vous pas dit que vous étiez vêtu de votre grande armure de fer?

— Hélas! Sire...

— Ha! ha!

— Je dis: hélas! mais que l'expression de mon

regret n'abuse pas Votre Majesté, car ce fut justement cette armure qui me fit vous trahir, et vous allez bien comprendre pourquoi. J'avais fini par reconnaître la reine au médaillon qu'elle portait à son auguste corsage, et qui, en s'ouvrant, me découvrait votre portrait. Que ne me suis-je enfui dans cet instant-là! Mais j'étais encore enflammé de l'ardeur que j'avais mise à ces premiers jeux, et je ne sais comment la fièvre qui me brûlait les joues, sous ma visière de fer à demi baissée, m'inspira d'aussi perfide manière. Le jour, en cette arrière-saison, éclairait faiblement la pièce, et la flamme rouge du foyer jetait sur toutes choses de vives et mouvantes lueurs qui en déformaient les contours.

Le roi eut un geste impatient, et Gantus crut devoir s'excuser d'être aussi disert.

— Ce que je dis là n'est pas pour faire de la poésie, mais pour expliquer les circonstances qui facilitèrent ma supercherie. D'ailleurs, la poésie m'a toujours agacé, et quand je prends un sous-lieutenant à faire des vers, je lui colle ses quinze jours d'arrêts, c'est réglé. Je n'admets pas...

— Voyons, Gantus, venez au fait! Vous pouvez passer d'un moment à l'autre.

— Bon, bon. Comme la reine, très inquiète, se débattait entre mes bras bardés de fer, je relâchai mon étreinte et lui dis en imitant votre voix : « Quoi, madame, ne connaissez-vous plus votre tendre époux sous son armure de soldat? »

— Gantus! s'écria le roi, vous êtes un répugnant soudard! Un abominable traître!

— Qu'est-ce que j'avais dit à Votre Majesté? Vous voyez...

— Et ensuite?

— Le visage de la reine s'éclaira tout aussitôt, tandis qu'elle me considérait avec un peu de surprise. Votre Majesté et moi ne sommes pas tout à fait de la même taille. Je suis plus grand, plus large d'épaules.

— Pas tellement, Gantus, pas tellement.

— Il est certain qu'on pouvait aisément s'y méprendre, et la preuve...

Le grand connétable baissa les yeux, car il était gêné. Il y eut un moment de silence.

— Alors? dit enfin le roi.

— Alors? Mon Dieu! je n'avais plus qu'à tirer les rideaux, à fermer les targettes, et à me débringuer de mon armure qui commençait à m'oppresser. Entre parenthèses, je vous dirai que ce n'était pas commode, dans le noir...

— Et Adèle?

— La reine Adèle... que voulez-vous que je vous dise, moi... il faisait noir, et dans ces instants-là, on n'a pas bien sa tête à soi. Ce que je puis vous affirmer, c'est que la reine n'a rien soupçonné de la substitution. J'ai remis mon armet, mes cuissards et tout le tremblement, dans l'obscurité, et j'ai filé. Figurez-vous que je me suis aperçu en sortant que j'avais remis mes genouillères à l'envers, ce qui m'obligeait à marcher les jambes raides. C'est amusant, n'est-ce pas?

Le roi arpentait la chambre en grommelant qu'il était presque déshonoré. Mais comme il avait un grand fond d'optimisme, et voyant l'angoisse où se débattait son plus fameux capitaine, il revint au chevet du malade avec de bonnes paroles :

— Vous pensez bien, Gantus, que je ne vais pas vous faire mes compliments. Vous vous êtes très mal conduit, et je donnerais toutes vos plus célèbres victoires pour rattraper cette malheureuse aventure. Mais puisque vous me dites que vous allez mourir, c'est bon. Je vous pardonne.

— Sire, vous êtes un grand roi.

— Je ne dis pas le contraire. N'empêche... Enfin, tant pis. Après tout, ce qui importe d'abord, c'est que la reine soit innocente. Pour vous, ne songez plus qu'à faire une bonne fin. Adieu donc, Gantus, et que vos péchés vous soient remis dans l'autre monde, je ne vous souhaite pas d'autre mal.

— Votre Majesté me rend bien heureux et votre pardon arrive à temps : voilà que j'entre en agonie.

— En effet, vous n'avez pas bonne mine, et je ne veux pas vous déranger davantage. D'ailleurs, mon goûter m'attend au palais.

Le roi fit un signe d'amitié à son grand connétable et gagna le carrosse qui l'attendait à la porte. La confession du mourant lui donnait un peu de mélancolie, car il aimait tendrement la reine et lui témoignait des soins assidus, en dépit d'une certaine froideur dont elle ne se départait jamais à

son égard; c'était même avec la plus grande
répugnance qu'il avait fait à l'opinion publique la
concession de prendre une maîtresse. Tout en
roulant vers le palais, le roi songeait que dans sa
disgrâce, il était étrangement favorisé, puisque la
reine demeurait ignorante de son crime, et que le
seul coupable se débattait dans les affres de
l'agonie. Pourtant, l'aventure lui laissait au cœur
l'inquiétude d'il ne savait quelle menace incertaine,
et il se demanda s'il lui convenait d'être jaloux.

En descendant de carrosse, le prince convoqua
ses plus savants docteurs en philosophie, et promit
vingt écus d'or à qui saurait le mieux lui définir la
jalousie. D'abord, les savants parlèrent tous à la
fois, dans un vacarme étourdissant où se heurtaient
les mots de processus, sentiment, échange, acrimo-
nie, bile et atrabile. Le roi les ayant menacés de son
grand sabre, ils consentirent à parler à tour de rôle,
et le résultat fut à peine meilleur : ils s'empêtraient
dans des discours sans fin, et le roi avait bien envie
de leur reprendre leurs diplômes. Cependant, un
philosophe d'une trentaine d'années, que sa jeunesse condamnait à parler le dernier, s'absentait un
moment pour aller consulter son dictionnaire.
C'était un garçon avisé, qui avait un très bel avenir.
Quand ce fut à son tour de parler, il dit avec une
jolie voix claire :

— D'une façon tout à fait générale, la jalousie
est le chagrin de voir posséder par un autre un bien
qu'on voudrait pour soi.

— Voilà qui est parlé, dit le roi. J'ai compris du

premier coup. Et il se prit à songer tout bas :
« Évidemment, à ce compte-là, je devrais être
jaloux de Gantus, mais puisqu'il est mort, ce n'est
pas la peine ; les morts ne possèdent rien du tout, la
chose est bien connue. »

— Parfait, jeune homme, je vous accorde déjà les
vingt écus d'or.

Le jeune philosophe fit une révérence et poursuivit :

— Pour répondre plus précisément à la question
proposée par Votre Majesté, j'ajouterai qu'en
amour, la jalousie est la passion inquiète d'une
personne qui craint qu'on ne lui en préfère une
autre.

Les autres philosophes étaient tout jaunes de
dépit, car le roi paraissait fort satisfait. Il commen-
tait en lui-même la définition : « Dois-je craindre
que la reine me préfère une autre personne ? Mais
non, puisqu'elle n'a jamais vu Gantus et qu'à peine
sait-elle son nom. » Puis il dit au jeune savant :

— C'est très bien, mon garçon. Je viens de
découvrir, à la clarté de vos définitions, que je
n'étais nullement jaloux. En conséquence, je vous
déclare illustre, je vous fais membre de l'Académie
et chevalier de mon ordre de Saint-Antoine qui est
le patron des chercheurs, comme vous savez.

Là-dessus, il fit venir ses musiciens et, après
avoir goûté d'un pot de rillettes et d'un vin clairet,
il se fit annoncer auprès de la reine. Elle était assise
au coin du feu, le teint pâli et, dans les yeux, une
grande mélancolie. Le roi lui prit la main, et,

comme il faisait toujours, lui tint de tendres et
gracieux propos, avec des images touchantes et
belles dont les grands poètes du royaume lui
faisaient une provision quotidienne. Mais la reine
ne semblait pas l'entendre.

— Adèle, murmurait le roi, je suis le gai
rossignolet, rêvons à la fraîcheur des sous-bois
printaniers. Mon amour est une eau vive qui se
perd dans le lac de vos grands yeux de mystère. Je
voudrais être une hirondelle...

La reine hocha la tête sans même lui accorder un
regard. On voyait bien qu'elle n'avait pas d'entrain
à imaginer que son époux se changeât en hirondelle. Il essaya d'autres figures poétiques, plus
gracieuses encore. Puis il lui chatouilla le revers de
la main avec ses deux doigts, feignant que ce fût
une souris qui montait au long du bras, et disant
d'une manière rieuse :

— Kili kili kili ki... kili kili ki...

Pour réponse, la reine ne fit que hausser les
épaules.

— Ah! madame, dit le roi (et il était un peu en
colère), je ne comprends rien à votre mauvaise
humeur. Je vous dis les plus jolies choses du
monde, je m'efforce aux jeux les plus tendres, je
suis tour à tour élégiaque, familier, gamin, et vous
n'en remuez pas plus que si je vous parlais du
budget de l'État. A la fin, les grandes passions se
lassent d'une aussi pénible froideur, et j'ose vous
dire que ma constance est bien près d'être à bout.
Si encore il s'agissait d'un accès passager! Mais

depuis que nous sommes mariés, c'est la même chose, et vous allez au plaisir ainsi qu'à l'échafaud...

Alors, la reine parut s'éveiller, et ses yeux tristes s'illuminèrent d'un feu sombre.

— Seigneur époux, dit-elle, il vous plaît d'oublier, mais par malheur pour moi, j'ai meilleure mémoire...

— Comment donc? du diable si je comprends...

— Soit, n'en parlons plus. Mais cessez alors de vous plaindre, puisqu'à des façons mâles et cavalières, vous préférez ces vains babillages, ces ronds de bras, et ces pas de menuet, qui plaisent bien sûr, aux maîtresses de vos rimeurs et de vos baladins! Kili kili kili... est-ce ainsi qu'on doive traiter une reine, une épouse, une amante? Kili kili kili...

Effaré, le roi levait les bras au ciel, mais la reine, l'œil en feu, se laissait aller à son courroux :

— Avez-vous oublié vraiment cette soirée d'automne où vous entrâtes armé, casqué, dans mes appartements, et sans vous faire annoncer? En cette arrière-saison, le jour déclinant éclairait la pièce d'une lumière avare...

— Et la flamme rouge du foyer, soupira le roi, jetait sur toutes choses de vives et mouvantes lueurs qui en déformaient les contours.

— C'est pourquoi je ne vous reconnus pas d'abord sous votre armure. Vous paraissiez plus grand, plus fort...

— Oui, l'uniforme avantage toujours un peu.

— Et pourtant, lorsqu'après avoir ôté vos gantelets de fer, vous me pressâtes de toutes parts avec

des mains hardies, quel n'était pas déjà mon
trouble! Enfin, vous vous fîtes connaître...

Cependant que le prince jurait en sourdine, la
reine fermait les yeux.

— Dans votre hâte, vous n'aviez pas pris le
temps de retirer ni vos épaulières, ni votre cuirasse,
et j'en demeurai meurtrie pendant toute une
semaine. Délicieuses meurtrissures... Vos baisers
avaient un goût de fer et de feu...

— Peuh! dit le roi, il ne faut pas exagérer non
plus.

— Je vous criais mon amour, et tendrement,
vous rugissiez mon prénom d'Adèle!

— Ah! non! c'est trop fort!

— Niez donc, effronté... aussi bien ai-je perdu
tout espoir d'un retour glorieux. Tandis que vous
vous comparez à une hirondelle, à une fontaine, je
me résigne à l'accomplissement d'un devoir à
jamais dépourvu de cette exaltante dignité qui me
fut révélée par un soir de l'automne dernier. Ha!
ha! une hirondelle? non monsieur, une pie
bavarde! kili kili kili...

Et en essuyant des larmes de rage, la reine sortit,
claquant la porte. Le roi demeura consterné,
songeant à la vanité de la philosophie et de ses
définitions, car il ressentait maintenant les tourments de la jalousie. Il passa une très mauvaise
nuit, hanté par des cauchemars, lui semblant qu'il
vît des armures vides caresser son épouse avec des
soupirs lascifs et un affreux bruit de ferraille. Le
lendemain, une mauvaise nouvelle acheva de le

bouleverser : Gantus n'était pas mort ; les médecins s'étaient aperçus qu'il souffrait d'une crise de rhumatismes et l'en avaient délivré par le moyen d'une peau de chat bien sèche dont ils l'avaient frotté pendant toute la nuit. A midi, le grand connétable déjeunait de bon appétit, puis montait à cheval pour s'en aller inspecter l'artillerie. Le roi l'appela au palais et lui dit sévèrement :

— Vous m'avez mis dans de beaux draps, Gantus.

— Que Votre Majesté me pardonne : les médecins m'ont guéri sans prendre mon avis.

— C'est très ennuyeux. L'aventure que vous m'avez confessée hier soir n'avait presque plus d'importance du moment où vous étiez au cimetière, tandis que maintenant... Vous comprenez, pour nous autres princes, être cocu est une affaire d'État. Vous voilà possesseur d'un secret dangereux. Qui peut dire l'usage que vous en ferez ?

— Ah ! Sire, je suis trop homme d'honneur...

— Mon œil, dit le roi. Vous n'avez même pas su tenir votre langue devant moi qui suis pourtant l'époux. Alors ?

Le grand connétable se frappait la poitrine et montrait les signes d'un profond désespoir.

— Ne vous lamentez pas, Gantus. Ce que je dis là est pour vous mettre en garde contre un mouvement d'imprudence. Au fond, vous m'inspirez toujours une entière confiance, et j'ai même pensé à vous pour un très joli commandement sur mes frontières de l'Ouest. Je suis sûr que vous

saurez trouver là-bas l'occasion d'un trépas glorieux...

— Un trépas glorieux? Mais nous ne sommes
pas en guerre!...

— Nous le serons bientôt : j'ai l'intention de
déclarer la guerre à mon cousin l'Empereur. En
rappelant la classe 22, nous aurons une armée
suffisante que vous commanderez en second. Dotée
de la nouvelle pertuisane que l'on s'occupe de
mettre au point, je suis sûr qu'elle fera merveille.

Gantus se grattait la tête, n'osant protester contre
sa nomination de commandant en second; et sa
gorge ronflait déjà d'injures contenues, à l'adresse
du jean-foutre qui allait diriger les opérations.

— Mon cher connétable, dit le roi, vous voilà
déçu, mais tant pis : J'ai décidé qu'à l'avenir,
j'exercerais moi-même le commandement en chef
de mes armées. Toutefois, pour vous laisser une
certaine liberté dans l'exécution de la manœuvre,
j'ai également décidé de conduire les opérations
depuis ma capitale. Dès après les formalités de
l'ultimatum, l'on ne me verra plus au palais qu'en
uniforme de généralissime. Je voudrais, Gantus,
que vous voyiez l'armure que je me suis comman-
dée ce matin. Elle est en métal d'Asturbie, au
panache bleu et or, la cuirasse et les épaulières
ornées de fleurs champêtres et de mignonnes
figures de pages.

SPORTING

La campagne qui précéda les élections au siège de conseiller général du canton de Castalin fut l'occasion d'une double manifestation sportive dont le souvenir allait décider du résultat du scrutin. Chacun des deux candidats principaux avait, en effet, lié le prestige de son nom et de son programme à celui d'une société sportive qu'il présidait et subventionnait. M. Labédoulière, candidat sortant, radical-socialiste, patronnait depuis cinq ans une société de gymnastique, l'Espérance Castalinoise : on y accueillait la jeunesse des deux sexes sans distinction d'opinions politiques, mais en fait, la gratuité du costume en écartait la jeunesse bourgeoise ; et les tendances avancées de l'Espérance éclataient, certains soirs de fête où les gymnastes, après boire et tard dans la nuit, rentraient chez eux en beuglant sur l'air du Pendu de Saint-Germain, des hymnes imprécatoires contre le parti de la droite :

L'Union des droites est bâtie sur merde
Rien à faire, il faudra qu'elle crève.

Sur ces vaches et sur ces cocus
Nous aurons toujours le dessus.

Il y avait à dire sur les rimes, mais la cadence
était guerrière, et en écoutant ce refrain tonner dans
le silence de minuit, plus d'un bourgeois de
Castalin songeait, avec une crainte dévotieuse, à la
puissance de M. Labédoulière. De plus l'Espérance
Castalinoise avait une fanfare à peu près sans rivale
dans l'arrondissement, et rien n'était magnifique,
rien n'était émouvant non plus, comme ces défilés
de jeunes gens, tous à l'uniforme, pantalon blanc
(les jeunes filles portaient la jupe), maillot noir et
casquette noire liserée de tricolore, et tous marchant d'un seul pas, au fracas héroïque des clairons
et des tambours. Dans ces minutes-là où ils se
sentaient si fiers d'être Français, nombre de
citoyens encore hésitants découvraient tout à coup
leur religion politique et acclamaient presque sans y
penser M. Labédoulière qui, du haut de son
balcon, saluait avec un geste ému cette jeunesse
généreuse à laquelle il avait donné, presque sans
compter, ses soins et son argent. L'Espérance
« cette phalange glorieuse et pacifique » était donc,
à juste titre, considérée dans le canton comme une
incarnation de l'idéal laïc, démocratique et social.

Le docteur Dulâtre, l'homme de la droite,
demeuré longtemps spectateur des luttes politiques,
avait brusquement démasqué ses batteries en fon-
dant une société de rugby, le Sporting Club
Castalinois. L'article inséré à cette occasion dans

l'hebdomadaire local de la droite, où il exposait sa conception rationnelle du sport, avec une ironie cruelle pour les gymnastes, constituait un véritable défi dont la portée politique n'échappa point à la vigilance de M. Labédoulière. En effet, la fondation du Sporting parut déclencher une effervescence inaccoutumée dans les milieux réactionnaires. Le docteur Dulâtre commença de pérorer dans les réunions publiques d'une manière significative. « Je ne connais qu'une politique, disait-il, celle de la santé physique et morale ». Et il expliquait très bien comment le sport intelligemment compris, le respect de l'ordre et des saines traditions, étaient les conditions essentielles d'une joyeuse santé.

Pour n'avoir ni clique, ni drapeau, le Sporting Club n'en flattait pas moins, chez la population, un appétit d'héroïsme. Les joueurs de rugby avaient un cri de ralliement, barbare et sonore (Hurrah Dulâtre!) qui excitait sur le terrain leur ardeur au jeu : ils avaient un vocabulaire à demi anglais auquel les spectateurs des matches de rugby s'initiaient avec orgueil. Enfin, les parties elles-mêmes étaient des spectacles épiques, des batailles dont le résultat incertain serrait le cœur des Castalinois émus dans leur patriotisme de clocher.

Le rapport étroit qui s'imposait à l'esprit du public entre la personne politique du docteur et sa personne sportive, créait un péril redoutable pour l'idéal démocratique, et M. Labédoulière allait se rendre coupable à jamais, devant son parti, de n'avoir pas su en mesurer la réalité profonde. En effet, le conseiller en place crut pouvoir mépriser une équipe de rugby qui essuyait constamment des échecs devant les rivales. Le dimanche soir, lorsque le Sporting venait d'essuyer une nouvelle défaite, il en plaisantait avec ses familiers :

— Ce pauvre Dulâtre s'est encore fait flanquer la pile. Décidément, son équipe bat de l'aile...

Et il ajoutait malicieusement :

— De l'aile droite.

Il était d'ailleurs bien vrai que les Castalinois fussent irrités contre le Sporting et son président. L'équipe s'affirmait si médiocre qu'ils voyaient peu de raisons d'espérer qu'elle vengerait jamais leurs déceptions d'amour-propre.

*

Au moment où s'ouvrit la campagne, M. Labédoulière se croyait assuré d'une très forte majorité à Castalin même. Dans les campagnes avoisinantes où le docteur Dulâtre avait poussé ses affaires en exerçant sa profession de médecin, les voix paraissaient devoir être également partagées, et l'on estimait, dans l'un et l'autre camp, que la partie se déciderait au chef-lieu. Les deux candidats avaient à peu de chose près le même programme. Ils étaient en tout, partisans de mesures énergiques, défendaient le contribuable, et se rendaient mutuellement responsables de la crise économique. En politique extérieure, le docteur Dulâtre prônait la sécurité et le désarmement, M. Labédoulière le désarmement et la sécurité. Avec une égale vigueur, ils protestaient de leur dévouement à la République. Les différences qui opposaient leurs professions de foi étaient si nuancées, si subtiles, qu'elles ne passionnaient pas les électeurs. Le docteur Dulâtre comprit le premier qu'il fallait faire porter le débat sur un objet plus sérieux, et il écrivit dans son journal un article de tête qui fut un coup de théâtre. Après diverses considérations médicales sur l'avenir de la race, le chef des droites s'élevait « contre la carence des pouvoirs publics, ou, ce qui est pire, l'inconscience criminelle de certaines personnalités politiques qui, sous le prétexte avoué de distraire la jeunesse et, en réalité, pour des fins purement démagogiques, l'embrigadent dans ces formations désuètes où la cause du sport est sacrifiée à une sorte de parade foraine qui trouve sa conclusion logique dans les beuveries si pernicieuses pour la santé de nos enfants. »

Après avoir dénoncé ainsi le danger des sociétés de gymnastique, le docteur faisait valoir l'œuvre qu'il avait personnellement accomplie en faveur du sport. Enfin, la veille même du jour où paraissait l'article, il faisait courir le bruit que son adversaire était atteint d'une maladie vénérienne. C'était un coup habile, que la doctrine radicale-socialiste ressentit durement.

Mais M. Labédoulière était un vieux routier de la politique, il se ressaisit aussitôt. Il fit d'abord placarder pendant la nuit une première affiche non signée, qui accusait le docteur Dulâtre d'avoir, au début de sa carrière et pour une misérable somme de cinq cents francs, empoisonné un couple de vieillards. Sans laisser à l'adversaire le temps de protester, il lançait une deuxième affiche signée.

« Nous méprisons les insinuations d'un individu dont les procédés, s'il faut en croire certaines rumeurs qu'il s'est bien gardé de démentir, seraient fortement sujets à caution. Si j'avais besoin de défendre ici notre vaillante Espérance Castalinoise contre les calomnies d'un envieux, il me suffirait de mentionner les dix-sept médailles accrochées au drapeau frangé d'or de notre glorieuse et pacifique phalange. Mieux que ne saurait le faire une vaine argumentation, ces récompenses portent hautement témoignage de la valeur athlétique de nos gymnastes. C'est aux résultats qu'on apprécie l'excellence d'une entreprise et nous sommes encore à attendre les résultats promis par les défenseurs du rugby. Vive l'Espérance! Vive la République laïque, démocratique et sociale! »

Dès lors, la campagne électorale se fit sur le sport. Dans leurs discours et leurs articles, les candidats n'abordaient plus que subsidiairement les questions politiques. Ils n'étaient occupés que de rugby et de gymnastique. Le radical-socialiste, faisant allusion à la terminologie anglo-saxonne en honneur au Sporting Club Castalinois taxait le réactionnaire de snobisme, et l'accusait d'abandonner les traditions bien françaises qui avaient fait leurs preuves. Le réactionnaire dénonçait chez l'homme des gauches un esprit routinier, et s'emportait au cours d'une réunion jusqu'à lui reprocher « son obscurantisme ». Jamais élections ne se préparèrent à Castalin dans une atmosphère aussi surchauffée. L'on voyait des pères de famille conservateurs dérober la balle de leurs enfants pour essayer un drop-goal par-dessus l'armoire à glace ; d'autres, d'opinions avancées, se jucher sur les épaules de leurs femmes, dans un équilibre difficile, pour faire une pyramide.

✳

Le dimanche qui précéda de quinze jours celui des élections, il y eut un match entre la première équipe du Sporting et la troisième équipe d'un club voisin. Un public nombreux, massé sur la touche, put applaudir à un résultat sans précédent dans les annales du rugby castalinois : le Sporting n'était battu que par sept points à zéro. M. Labédoulière, informé de cette issue honorable, haussa les épaules et répondit simplement :

— Eh bien, Dulâtre est battu, comme d'habitude. Cet homme-là n'est-il pas né pour être toujours battu ?

Mais sous ces propos d'une hautaine ironie, l'homme de gauche dissimulait une grave inquiétude.

En quittant le terrain de rugby, le docteur Dulâtre, rayonnant d'orgueil, avait emmené toute l'équipe au grand café de la Nation où il avait offert un vin d'honneur. L'établissement était plein à craquer, et les curieux qui n'avaient pu trouver place se bousculaient à la porte pour essayer de voir et d'entendre. Très ému, le président du Sporting leva son verre aux succès du Club et prononça une brève allocution, mais d'une voix vraiment vibrante :

— Mes chers enfants, vos qualités de courage et de ténacité commencent à porter leurs fruits. Vous avez compris que l'ordre et la discipline sont les conditions premières du succès dans tous les domaines de l'activité, c'est pourquoi j'ose dire que votre victoire était aussi méritée qu'attendue. A l'équipe tout entière, et à chacun en particulier, j'exprime ici ma joie, ma fierté, et ma gratitude. Il me reste à vous communiquer une importante et heureuse nouvelle que notre cher secrétaire trésorier est encore seul à connaître. Au cours de mon récent voyage à Paris, je me suis entendu avec les dirigeants de l'Union Olympique Parisienne qui ont accepté d'envoyer dimanche prochain leur deuxième équipe à Castalin. Je n'ai pas à vous rappeler les prouesses de ce valeureux quinze demeuré jusqu'à ce jour imbattu dans sa division. Votre tâche sera donc très lourde, mais votre magnifique tenue d'aujourd'hui me fait bien augurer du résultat de cette rencontre. Gardiens de l'honneur du sport castalinois, vous jouerez comme des lions, et vous vaincrez, parce que je vous l'ordonne, et pour que vive le Sporting!

L'annonce de ce match contre une équipe de Paris causa une immense stupéfaction. Il y eut d'abord un silence d'émotion et de respect. Puis l'enthousiasme se déchaîna dans le café, et il se cassa pour cinquante francs de verres et de carafes, aux cris mille fois répétés de « hurrah Dulâtre ! »

Averti quelques minutes plus tard, M. Labédoulière convoqua aussitôt son état-major. Ils étaient six hommes réunis dans ses appartements, avec des mines consternées, et lui, il arpentait la pièce sans mot dire, dans une méditation furieuse. Mouvelon, le bourrelier, osa rompre le silence et prononça :

— Le Sporting sera battu, ça ne fait pas un pli, et dans les grandes largeurs, encore. C'est Mouvelon qui vous le dit.

M⁰ Roulin, qui méprisait les façons triviales du bourrelier, répondit d'une voix sèche :

— Vous êtes à côté du problème, Mouvelon, comme toujours d'ailleurs. Il n'y a personne qui mette en doute la victoire de l'Union Olympique Parisienne, cependant tout le monde voudra voir ce fameux match et, à huit jours des élections, vous ne m'empêcherez pas de dire que cela est regrettable. Il ne faut pas non plus nous dissimuler que les journaux sportifs de la capitale donneront des échos de cette rencontre, peut-être même des photographies...

— Il faut faire quelque chose, gronda M. Labédoulière.

★

Le lendemain matin, des affiches aux couleurs du Sporting confirmaient la nouvelle lancée par le docteur Dulâtre au café de la Nation :

« Dimanche, au pré Bord, grand match de rugby. Paris contre Castalin. Le coup d'envoi sera donné à quatorze heures précises. En raison de l'intérêt exceptionnel de cette rencontre qui sera un événement de la saison sportive, et pour permettre à tous d'assister à une belle démonstration de jeu classique, il sera perçu à l'entrée 1 f 50 seulement, au lieu de 3 f. Les enfants et les militaires paieront 0 f 75. Le match devant donner lieu à une lutte acharnée, le public est prié de s'abstenir de toute manifestation discourtoise à l'égard de nos hôtes. »

Le soir même, M. Labédoulière ripostait par une affiche de dimensions inusitées à Castalin :

« Grande fête de gymnastique donnée par l'Espérance Castalinoise. Programme : le matin à 9 heures, défilé dans les rues principales de la ville. A 10 heures, les gymnastes, sous la conduite de leur président, déposeront une gerbe de fleurs au pied du monument aux morts. A 11 heures, concert sur la place Robillot, par la fanfare de l'Espérance. A quatorze heures précises, sur la promenade des Platanes, et en cas de mauvais temps sous la Halle aux grains, grand concours de gymnastique entre les champions de l'Espérance. Entrée absolument gratuite. Le soir, à vingt heures trente, un grand

bal familial sera donné par la jeunesse espérantine
dans les salons de l'hôtel Pommier. Entrée et buffet
absolument gratuits. »

Toute la semaine, M. Labédoulière se frotta les
mains.

— Au moins, disait-il, je suis sûr que l'Espérance ne sera pas battue : elle est seule à concou-
rir...

★

Les joueurs de l'Union Olympique arrivèrent le
samedi soir, et, malgré les efforts du docteur
Dulâtre, passèrent à peu près inaperçus. Après
avoir dîné et joué à la belote dans leur hôtel, ils se
couchèrent à 10 heures. Le dimanche matin, ils
visitaient les curiosités de la ville sous la conduite
du secrétaire-trésorier du Sporting et se disper-
saient pour flâner dans les rues. On leur en voulut
un peu de l'air amusé et condescendant avec lequel
ils considéraient les lieux et les gens.

Cependant, l'Espérance Castalinoise quittait la
salle de gymnastique à 9 heures, dans un ordre
parfait. Au nombre de quatre-vingt-dix-neuf, les
gymnastes marchaient par rangs de trois. La
fanfare, silencieuse, ouvrait la marche, précédant le
drapeau roulé dans sa gaine. Suivaient les dix-huit
fillettes, sous la conduite de leur monitrice, puis la
section des grandes, qui étaient quatorze. Le
bataillon des mâles, qui comptait quarante-neuf
têtes, étaient également divisé en sections : les

adultes, les moyens et, fermant la marche, les
pupilles. En arrivant sur la place de la Poste, les
sections se déployèrent en ligne, face à la demeure
du conseiller général, et en arrière de la fanfare, qui
marquait le pas. L'étendard frangé d'or fut sorti de
sa gaine, et comme M. Labédoulière paraissait à
son balcon, les clairons sonnèrent « Au drapeau ».
Aussitôt, de toutes les rues avoisinantes, la foule
déboucha sur la place et combla les trottoirs.
M. Labédoulière, qui avait pris la précaution de se
munir de son chapeau haut de forme, salua à
plusieurs reprises, et quand les clairons sonnèrent
de nouveau, des voix se mirent à fredonner dans
l'assistance. La fête s'annonçait belle. Après une
allocution du conseiller, l'Espérance reprit son
ordre de marche et le véritable défilé commença.

La fanfare jouait avec un entrain et un brio qui
faisaient passer dans les cœurs un frisson généreux.
Une fois de plus, le miracle se renouvelait. En
écoutant cette musique fière, chacun sentait s'insinuer dans ses veines une ardeur guerrière, une
impatience de se dévouer à une noble cause. Les
gens les plus débonnaires, les plus timorés, ceux
qui se laissaient habituellement tyranniser dans leur
ménage ou par leurs amis, goûtaient des promesses
de revanche ; il leur semblait entendre l'annonce
merveilleuse de quelque mobilisation générale ou
de tout autre grand départ qui les retranchât des
habitudes humiliantes de leur existence. Des époux
échappés, dont les femmes comptaient l'argent de
poche et surveillaient les sorties, se juraient tout bas

qu'ils boiraient deux apéritifs. Sous le charme des uniformes et des cuivres, la population castalinoise sentait renaître dans sa chair une passion fiévreuse pour l'Espérance. La fanfare, le pas scandé, les torses musclés des adultes, les visages et les jambes gracieuses des fillettes, les poitrines des grandes qui tendaient le maillot noir et la présence même de la foule créaient une atmosphère d'émotion trouble, tendre et martiale. Il y en avait pour les hommes, pour les femmes et pour les enfants. On avait envie d'exterminer quelqu'un et de crier vive quelque chose. Et, sans qu'on y songeât, ce besoin éperdu de reconnaissance se fixait sur le chapeau haut de forme de M. Labédoulière et sur sa personne même. Le candidat radical-socialiste apparaissait comme un être magnifique, un héros que l'on souhaitait grandir encore en lui assurant le siège de conseiller général. Le peuple de Castalin tout entier glissait à gauche, d'un cœur amoureux et d'un pas militaire. Les plus avertis d'entre les conservateurs se défendaient mal d'un enthousiasme sournois et regardaient avec inquiétude le drapeau tricolore de l'Espérance, dont les plis n'avaient point d'exorcisme. Les esprits forts, les sceptiques, qui ne croyaient ni à la patrie ni à la démocratie, essayaient de ricaner, mais de mâles refrains leur venaient aux lèvres et, malgré eux, ils communiaient avec la foule dans l'amour des clairons, des uniformes, de la guerre, de la paix, des chapeaux haut de forme, du drapeau tricolore et de la laïcité.

Rien ne manqua au succès du défilé, ni les

épisodes émouvants, ni les incidents comiques et
attendrissants. Deux gendarmes à pied qui rentraient de faire leur tournée s'immobilisèrent au
garde-à-vous pour saluer le drapeau de l'Espérance.
L'émotion de la foule déborda de ce coup-là, et
lorsqu'on vit M. Labédoulière, avec une cordiale
simplicité, serrer la main à ces modestes serviteurs
de l'ordre, une immense ovation accueillit le geste.

Plus loin, au passage des pupilles, une mère
inquiète voulait joindre son fils, un garçon de dix
ans, qui marchait dans le rang du milieu, le regard
fixé sur la nuque du bambin qui le précédait.

— Lulu, je t'ai apporté ta flanelle; j'ai peur que
tu prennes froid!

Elle courait sur le flanc de la colonne, tendant la
flanelle à bout de bras.

— Prends ta flanelle, je te dis.

L'enfant rougit, son visage se crispa. Il entendit
des rires, et comme la mère s'entêtait dans sa
poursuite, il répondit, les dents serrées, sans
tourner la tête :

— Ferme ta gueule, tout de même!

La réplique souleva des rires et des réflexions
attendris, et la mère déclara avec orgueil :

— Quand il est dans sa société, il ne connaît plus
personne... Il répond déjà comme un petit homme!

L'Espérance fit le tour de la ville et passa deux
fois dans la rue principale. Les applaudissements et
les cris d'enthousiasme, où revenait sans cesse le
nom de M. Labédoulière, ne faiblirent pas un
instant. On se montrait, non sans ironie, les joueurs

de l'Olympique Parisien, disséminés parmi les curieux et applaudissant les gymnastes avec une innocente courtoisie. Quant aux joueurs du Sporting, il semblait que leur insolence des jours passés fût bien rabaissée. En tout cas, leur moral était très atteint : la grande voix populaire se prononçait pour l'Espérance, et, à quelques heures du combat, la trahison de leurs concitoyens leur ôtait tout courage pour faire triompher la cause du rugby. Le docteur Dulâtre, seul, semblait n'avoir aucune inquiétude. Tandis qu'il se promenait dans la ville en compagnie du capitaine de l'équipe rivale, on le vit saluer le drapeau des gymnastes d'un geste plein d'aisance et regarder le défilé avec le plus paisible sourire.

A midi, après avoir prononcé un discours important devant le monument aux morts et applaudi au concert de la place Robillot, M. Labédoulière eut une grande joie. Le temps, qui avait été menaçant toute la matinée, se mettait décidément à la pluie. En passant à table, le conseiller exulta :

— Noyée, la partie de rugby ; noyé l'Olympique et noyé le Sporting ! Cette fois, l'affaire est dans le sac.

★

Ce dimanche-là, les réactionnaires de Castalin firent un mauvais déjeuner. Le docteur Dulâtre lui-même, qui traitait à sa table trois joueurs de l'Union Olympique Parisienne, regardait tomber la pluie en soupirant d'inquiétude.

— La balle sera lourde, disait le capitaine de Paris. On jouera surtout au pied. Mais si vos avants ont du souffle, de l'entrain...

— Je suis sûr de leur zèle, répondait le docteur. Mais quelle malchance que cette pluie! C'est un véritable déluge...

En effet, une pluie torrentielle balayait les rues, et M. Labédoulière, qui partageait son déjeuner avec quelques gymnastes, s'en réjouissait bruyamment :

— Voyez donc, disait-il avec un bon rire, il tombe des curés : il n'y a rien de pareil pour vous mettre en appétit!

Ceux des Castalinois, que le désir d'assister au match hantait depuis le début de la semaine, renonçaient pour la plupart à affronter la pluie et la boue. Lorsque l'arbitre siffla le coup d'envoi, il n'y avait sur le terrain que les fervents de la première heure, les apôtres du rugby, les piliers de la réaction. Abrités sous des parapluies, ils étaient dix-sept en tout et y compris le docteur et le secrétaire-trésorier du Sporting.

Cependant, le gros du public castalinois se rendait à la Halle aux grains où avait lieu la fête de gymnastique. Il y faisait sombre, et, parmi les spectateurs, beaucoup songeaient avec un peu de nostalgie à la partie de rugby qui se déroulait loin de leurs regards. Les femmes, que le mauvais temps avait empêchées de mettre leurs plus belles robes, étaient de mauvaise humeur. La fanfare, attaquant la *Marseillaise,* réchauffa le cœur de la foule et la mit en meilleure disposition pour écouter le discours de M. Labédoulière. Le conseiller se défendit d'abord de vouloir entretenir ses auditeurs de politique. Il n'avait d'autre dessein que de leur exprimer sa gratitude pour le nouveau témoignage de fidélité qu'ils donnaient à la jeunesse espérantiste en venant assister en foule à ses gracieux exercices. Il en était d'autant plus touché que cette manifestation, précédant de fort peu des événements graves, constituait pour lui une marque d'estime et de confiance, dont il ne voulait point, par discrétion, souligner toute la portée. Dans un discours plein d'humour et d'ironie, il traça ensuite un parallèle entre la gymnastique et le rugby, « ce jeu baroque venu de l'étranger et dont les quelques défenseurs castalinois, pataugeant dans la boue avec une constance digne d'un meilleur sort, disputaient aux malheureux joueurs transis par la pluie, la chance d'attraper une bonne fluxion de poitrine ». Il parlait à son auditoire sur le ton de la confidence familière, glissant de temps à autre une allusion aux élections du dimanche d'après, et comme s'il se fût agi d'une affaire qu'ils menaient d'accord, presque en complicité. Sa péroraison fut accueillie par des applaudissements à peu près unanimes. La partie qui se jouait entre le Sporting et l'Union Olympique Parisienne ne semblait plus maintenant qu'une aventure pitoyable, un peu humiliante pour la ville de Castalin; le docteur Dulâtre en avait toute la responsabilité, et il en porterait le poids jusque devant l'urne électorale, car une sanction s'imposait. D'autre part, chacun se félicitait d'avoir pris le plus sage parti qui était de se distraire confortablement, la tête abritée et les pieds au sec. Certes, le spectacle des exercices de gymnastique n'avait rien d'imprévu; on connaissait par leurs noms les meilleurs des gymnastes et l'on pouvait à l'avance établir le palmarès de l'après-midi : mais c'était un charme de tomber d'accord avec son voisin sur les pronostics, et qui donnait à cette réunion une sorte d'intimité familiale.

On applaudissait les gymnastes à intervalles réguliers, sans nulle frénésie, mais avec les sentiments d'estime qui vont au travail consciencieux.

*

Au pré du Bord, la pluie tombait toujours, mais les dix-sept spectateurs alignés sur la touche ne se plaignaient pas d'avoir froid aux pieds. Plusieurs, même, avaient fermé leurs parapluies pour avoir la liberté d'applaudir. C'est que les joueurs de Castalin menaient un jeu étourdissant; jamais ils n'avaient montré autant de cran. Les Parisiens, au contraire, ne ripostaient pas avec l'énergie et la maîtrise que l'on avait redoutées. Dans les mêlées, le talonneur du Sporting affirmait, sur celui de l'Olympique, une écrasante supériorité et le ballon sortait constamment à l'avantage de Castalin. Le capitaine de l'équipe parisienne, qui était trois-quarts centre, ratait toutes ses passes et commettait des fautes qui faisaient murmurer ses équipiers.

Quant à l'arrière, son jeu était d'une lenteur et d'une maladresse qui autorisaient tous les espoirs. Les dix-sept spectateurs, sans souci de la boue qui les éclaboussait, galopaient le long de la touche, chargeant et se repliant avec les joueurs castalinois, tout en les excitant par de grands hurlements. Seul, le docteur Dulâtre ne semblait point partager leur enthousiasme, et au secrétaire-trésorier qui s'en étonnait, il répondait avec une impatience rageuse :

— Ils pourraient faire mieux, beaucoup mieux. A chaque instant, ils laissent passer l'occasion de marquer l'essai.

A la mi-temps, qui fut sifflée sur le résultat de zéro à zéro, il félicita courtoisement les joueurs de l'équipe parisienne, et prenant à part leur capitaine, s'entretint une minute avec lui.

— Vous deviez me donner la victoire dès la première mi-temps, murmura-t-il avec reproche. Je suis très inquiet...

— Je vous jure que j'ai fait tout ce que j'ai pu... d'autre part l'arrière et le talonneur ont fait également ce qu'ils ont pu... n'accusez que votre équipe. Si j'avais pu prévoir qu'elle était aussi faible, je vous aurais demandé de désintéresser au moins deux joueurs de plus; par exemple, les trois-quarts aile. Si vous faites encore ce sacrifice, nos lignes arrière n'existeront pour ainsi dire plus, et si vos joueurs ne parviennent pas à marquer au moins un seul essai, c'est à désespérer de l'avenir de votre club...

— Soit, je veux bien consentir encore ce sacrifice pour la cause du sport.

— Je vais donc régler l'affaire. De votre côté, vous pourriez prévenir deux ou trois joueurs. Ils joueraient avec plus de confiance.

— Non, non. Je veux une victoire loyale.

Cependant, le secrétaire-trésorier s'en allait au galop à la Halle aux grains communiquer le résultat déjà glorieux de la première mi-temps. La nouvelle arriva comme les spectateurs bâillaient aux mouvements d'ensemble exécutés par les jeunes filles de l'Espérance. Elle provoqua une longue rumeur d'étonnement et d'admiration. Les gens s'agitaient sur leurs chaises, et le bruit courait que les Parisiens n'avaient échappé à la défaite que par la faute du mauvais temps.

— Le terrain était trop lourd... Castalin n'a pas pu jouer son grand jeu d'ouverture...

La salle commençait à s'échauffer en parlant l'argot du rugby, mais M. Labédoulière, par une inspiration diabolique fit donner l'ordre à la fanfare d'exécuter la marche militaire *Sambre-et-Meuse*. En fredonnant le glorieux refrain, chacun oublia le Sporting, l'Olympique et le docteur Dulâtre, et cinq minutes plus tard, le cœur de la foule se retrouvait à gauche. M. Labédoulière, dodelinant de la tête, un sourire heureux sur les lèvres, chantait avec ses électeurs :

> *Le régiment de Sambre-et-Meuse*
> *Marche toujours au cri de liberté...*

★

Les lignes arrière de l'Union Olympique Parisienne paraissaient inertes, comme exténuées. Le
capitaine boitait, les trois-quarts aile étaient gre-
lottants, et l'arrière ne courait pas dix mètres sans
glisser et culbuter. Mais les lignes avant menaient
un jeu endiablé et têtu, bousculant l'adversaire
confiné dans ses vingt-deux mètres. Pendant dix
minutes, malgré les fautes du talonneur, ils mena-
cèrent constamment le Sporting et l'on crut vingt
fois qu'ils marquaient l'essai.

Sur la touche, les dix-sept spectateurs ne respi-
raient plus. Le docteur Dulâtre, angoissé et furieux,
se tournait à chaque instant vers le secrétaire-
trésorier en murmurant :

— C'est à n'y rien comprendre... ces avants ont
le diable au corps... de quoi se mêlent-ils?

De temps à autre, le capitaine de l'Olympique
jetait sur lui un regard navré. Heureusement, un
joueur de Castalin, par un coup de pied de
dégagement qui trouva la touche, reporta le jeu
vers la ligne des cinquante mètres. Les avants
parisiens, fatigués par l'effort qu'ils venaient de
fournir, jouèrent plus mollement. Trois fois de
suite, la mêlée donna le ballon au Sporting Club
Castalinois qui lança sa ligne de trois-quarts. Les
deux premières attaques se brisèrent sur le demi de
l'Olympique. Enfin, un joueur s'échappa sur la
droite et n'eut plus devant lui qu'un trois-quarts et

l'arrière de Paris. Fermant les yeux, pour ne pas voir un péril qu'il jugeait trop certain, il courut droit devant lui. Il entendit à ses côtés un bruit de pas mous et, plus loin, une grande clameur. Il sentit une main effleurer son mollet, courut encore quelques mètres, glissa et tomba sur les genoux sans lâcher le ballon. L'essai était marqué.

Au moment où un gymnaste montait en force un équilibre sur les barres parallèles, une voix tonnante, ivre de la joie du triomphe, jeta sous le couvert de la Halle aux grains :

— Le Sporting mène par trois à zéro! L'essai a été marqué par Duranton!

Un écho immense répéta le cri victorieux, une panique de gloire s'empara de la foule dressée tout entière.

— Vive le Sporting! Vive Castalin! Vive Duranton! Vive Dulâtre!

Les gens se pressaient en masse vers la sortie, courant sur les chaises, oubliant leurs parapluies.

— *Sambre-et-Meuse!* hurla M. Labédoulière. Mais jouez donc *Sambre-et-Meuse,* bon Dieu!

Mais la fanfare était dispersée, noyée dans le flot de la foule. M. Labédoulière, debout sur son estrade, épouvanté, tragique, s'époumonait en vain :

— Vous n'abandonnerez pas l'Espérance!... Vous n'en avez pas le droit!... Ce serait une infamie! On ne trahit pas ainsi l'idéal...

Sur la touche, les dix-sept spectateurs étaient

quinze cents. Au deuxième essai marqué par le Sporting, une joie frénétique s'empara de la population castalinoise qui se prit à brailler en chœur :

— Vive le Sporting! Hurrah Dulâtre! Vive Dulâtre!

Vers la fin de la partie, comme les avants de l'Olympique s'obstinaient candidement à rétablir l'équilibre, on les conspua avec des cris furieux :

— Salauds! Cassez-leur la gueule! A mort! A mort!

Le rugby, d'un seul coup, venait d'entrer dans les mœurs castalinoises, et l'élection du bon docteur était assurée.

LA CLÉ SOUS LE PAILLASSON

Un cambrioleur mondain s'échappa une fois d'entre les pages d'un roman policier, et, après d'admirables aventures, arriva dans une toute petite ville de province.

Au sortir de la gare, comme il traversait la place de la gare et s'engageait dans l'avenue de la gare, il entendit une grande rumeur dans la ville.

— N'oublie pas de mettre la clé sous le paillasson, s'écriait-on de tous côtés.

C'étaient les mères de famille qui s'en allaient avec leurs filles au bal de la Sous-Préfecture.

— Sois tranquille, répondaient les époux qui ne tenaient presque pas en place, la clé sera sous le paillasson, vous n'aurez pas besoin de sonner. Mais si, par hasard, vous rentriez avant moi...

— Avant toi? tu ne prétends pas, j'espère, faire durer ta partie de billard jusqu'à 4 heures du matin?

Et les mères de famille avaient bien raison. L'on n'a jamais vu de partie de billard un peu honnête se prolonger après minuit. Cependant, le gentleman-cambrioleur se promenait dans les rues, parmi les robes de velours et de crêpe Georgette qui se hâtaient vers la place de la sous-préfecture. Il avait quitté Rome la veille au soir avec une valise de modestes dimensions, mais qui ne contenait rien de moins que les bijoux de la couronne et la mule du pape. Au hasard d'un arrêt, il était descendu à contre-voie pour dépister toutes les polices d'Europe qu'il savait à ses trousses, et il profitait de ce moment de répit pour méditer sur la vanité des grandeurs.

— Je n'ai plus rien à apprendre de l'industrie des hommes, songeait-il. Les coffres-forts les plus secrets sont sans défense devant moi et je n'ai pas mon pareil pour corrompre les personnes de confiance. Après mon stage de deux ans dans les prisons américaines où j'ai reçu l'enseignement des plus grands maîtres, je me suis fait un nom dans l'escalade, l'effraction, la tire, le vol au poivrier et le vol au bonjour. Grâce à mon labeur acharné, j'ai vu s'accomplir les promesses de mes dons magnifiques. Aujourd'hui, je dévalise des têtes couronnées, j'ai des rabatteurs dans toutes les parties du monde, mes ordres de bourse font et défont les gouvernements, et cependant mon cœur est moins réjoui qu'au temps de mes quinze ans, alors que je préparais mon baccalauréat en me faisant la main sur les montres et les portefeuilles de mes professeurs. Ah! que ne puis-je ressusciter les jours fortunés de mon adolescence espiègle! Misère d'une existence dispersée dans toutes les capitales et dans tous les casinos de la terre! Jamais je n'ai senti comme aujourd'hui le besoin de revoir les lieux qui m'ont vu naître...

★

Le gentleman-cambrioleur marchait dans une rue bordée de petites villas silencieuses. Il s'arrêta tout d'un coup pour murmurer avec inquiétude :

— Au fait, quel peut bien être le lieu de ma naissance? Ce doit être quelque part en France, mais du diable si je peux dire où. J'ai eu tant d'états civils, depuis que je cours l'aventure, et tant de faux parents respectables que je ne suis pas fichu de m'y retrouver. Aussi bien, je me demande quel est mon nom véritable?

Il porta la main à son front et cita rapidement une cinquantaine de noms.

— Jules Moreau... Robert Landry... non... Yolande Garnier? Mais non, c'était à l'occasion d'un déguisement... Alfred Petitpont... eh, eh, Alfred Petitpont! ou plutôt Raoul Déjeu... mais non, c'était l'affaire des émeraudes... Jacques Lerol... non... Duc de Géroul de la Bactriane? sincèrement, je ne crois pas.

A la fin, il eut un mouvement de lassitude et dit avec dépit :

— C'est agaçant, il faudra que je fasse prendre des renseignements à la Sûreté générale.

Obsédé par la recherche de son véritable état civil, il franchit sans y penser la grille d'une petite maison et, machinalement, commença de crocheter la serrure de la porte d'entrée. Alors, il haussa les épaules et murmura en replaçant son trousseau de rossignols dans sa poche :

— Suis-je bête, je ne pensais plus que la clé était sous le paillasson.

En effet, la clé était sous le paillasson. Il pénétra dans le vestibule et ouvrit sa valise pour se mettre en tenue de travail : cape de soirée, chapeau haut de forme et loup de velours noir. Sa toilette achevée, le gentleman-cambrioleur explora le rez-de-chaussée de la maison qui lui parut dénué d'intérêt. Toutefois, il glissa une montre en acier dans sa poche, par l'effet d'une habitude qu'il avait gardée de son enfance. Au premier étage, il eut une minute d'attendrissement lorsqu'il entra dans une chambre de jeunes filles où, de chaque côté de la fenêtre, deux lits étroits se faisaient vis-à-vis.

— Aimables jeunesses, soupira-t-il en regardant deux photographies accrochées au mur. Puissent-elles, au bal de la Sous-Préfecture, tourner la tête à des garçons d'avenir, honnêtes, travailleurs et bons chrétiens, qui les feront danser pour le bon motif.

Dans un moment de curiosité désintéressée, il ouvrit une armoire et en examina le contenu. Il ne put retenir ses larmes en déployant dans la lumière de sa lanterne sourde des pantalons de finette ornés d'un feston de broderie, et des chemises en grosse toile d'une incroyable décence. Saisi d'une émotion respectueuse, il ôta son chapeau haut de forme et son loup de velours noir.

— Pantalons festonnés d'innocence! s'écria-t-il d'une voix sourde, chemises de blancheur, et vous, chastes combinaisons d'une jeunesse convenable, que votre modestie peut avoir de puissants attraits pour un cœur blessé par la vanité du monde! En palpant ces robustes mystères, je sens une langueur honnête s'insinuer dans mon âme. Troublé par le parfum des vertus familiales, je me sens déjà prêt à renier les erreurs de ma vie d'aventures pour accomplir ma destinée dans un emploi de l'enregistrement.

Tout en méditant une fin édifiante, il ne laissait pas de poursuivre ses recherches dans l'armoire. Derrière une pile de mouchoirs, il finit par découvrir deux tirelires de faïence qui portaient respectivement les inscriptions : dot de Mariette, et dot de Madeleine. Après en avoir vidé le contenu dans ses poches, il fut mécontent de lui-même.

— Il faut absolument que je me défasse de cette habitude.

Il remit l'argent dans les tirelires et tout aussitôt son cœur déborda d'une joie magnifique, d'où il conclut que l'honnêteté portait en elle sa récompense.

— Décidément, songea-t-il, c'en est fait de mon existence de cambrioleur mondain.

★

Tant d'émotions l'avaient épuisé; comme il était à peine dix heures du soir, il décida qu'il passerait la nuit dans la maison jusqu'à l'heure du retour des propriétaires. Il s'étendit sur l'un des lits des jeunes filles et s'endormit aussitôt d'un profond sommeil. Vers trois heures du matin, il rêvait qu'il était sous-chef de bureau dans une administration importante, et décoré des palmes académiques, lorsqu'un éclat de voix rageuse l'arracha au sommeil. Il alla jusqu'à la fenêtre et vit un homme, accroupi devant la porte d'entrée, qui monologuait de mauvaise humeur :

— Je suis pourtant bien sûr d'avoir mis la clé sous le paillasson avant de sortir... Elle devrait être là, et pourtant...

Il poursuivit ses investigations et conclut, non sans effroi :

— Ma femme doit être rentrée, il n'y a pas d'autre explication possible. J'aurais dû me douter qu'elle rentrerait de bonne heure... Ah! me voilà frais.

Il tira la sonnette, timidement d'abord, puis avec fracas. Le cambrioleur eut pitié de sa détresse; songeant que le bonhomme gagnerait sa chambre au rez-de-chaussée et ne viendrait pas le déranger au premier étage, il lui jeta la clé et regagna son lit.

— J'ai encore deux heures à dormir, murmura-t-il, le temps de passer chef de bureau. Je sais ce que c'est qu'une mère de famille qui a deux filles à marier, celle-ci ne quittera pas le bal de la Sous-Préfecture avant les derniers lampions.

Comme il reprenait le fil de son rêve, le propriétaire de la maison entra dans la chambre et

donna la lumière électrique. Le gentleman-cambrioleur s'était assis sur son lit, tâtant déjà sa
bouteille de chloroforme, mais le visiteur s'écria en
ouvrant les bras :

— Mon fils! Te voilà revenu au foyer après dix-
huit ans d'absence!

Le cambrioleur mondain hésitait à verser un
pleur de joie. Il calculait que dix-huit ans d'absence
lui faisaient trente-cinq ans d'âge, et il était un peu
froissé de se l'entendre dire. D'autre part, la
coïncidence lui semblait curieuse.

— Je ne voudrais pas vous faire de peine, dit-il,
mais êtes-vous bien sûr de reconnaître votre fils?

— Si je te reconnais? Mais bien entendu? Et la
voix du sang, alors?

— C'est vrai, consentit le cambrioleur, il y a la
voix du sang. Mais une erreur est bientôt faite, ce
serait une déception aussi cruelle pour vous que
pour moi...

— Voyons, il n'y a pas d'erreur possible, tu es
bien l'aîné de mes enfants, tu es bien mon fils
Rodolphe!

— Rodolphe... je ne vous dis pas le contraire. Ce
nom de Rodolphe me dit quelque chose. Pourtant...

— Et tu as bien une envie de café au lait à la
saignée du bras droit...

Pour le coup, Rodolphe n'hésita plus à reconnaître son père. Il y eut une longue étreinte et des
paroles émouvantes de part et d'autre :

— Mon cher enfant, disait le père, quel bonheur

de te retrouver après dix-huit ans de séparation; comme tu es resté longtemps...

— Oh, mon père! Je savais bien que la clé était sous le paillasson...

— A ce propos de paillasson, ne va pas dire à ta mère que je suis rentré à trois heures du matin... Elle aurait peut-être de la peine à comprendre qu'une partie de billard puisse durer aussi long-temps. Figure-toi qu'elle est allée conduire tes deux sœurs au bal de la Sous-Préfecture et j'en ai profité pour faire une manille avec de vieux camarades.

— Je croyais que vous m'aviez parlé de billard...

— Mais oui, une partie de billard, c'est ce que je voulais dire. Ou plutôt, nous avons commencé par une manille et nous avons fini par une partie de billard. En tout cas, dis bien à ta mère que je suis rentré avant minuit, c'est une façon de lui faire plaisir à peu de frais.

Rodolphe promit avec un peu de répugnance. Il était devenu si honnête qu'il se sentait incapable même d'un pieux mensonge.

— Tout à l'heure, vous m'avez parlé de mes deux sœurs. Ce sont probablement les deux jolies filles dont les portraits sont accrochés au mur. Elles ont bien changé pendant mon absence, et à vrai dire, c'est à peine si je les ai reconnues.

— Ce n'est pas étonnant, l'aînée est venue au monde une année après ton départ! Nous étions si affectés par ta soudaine disparition que ta mère ne m'a pas laissé de repos que le ciel ne lui eût accordé un enfant. Mais comme elle avait souhaité la

naissance d'un garçon, elle eut une grande déception et voulut tenter la chance encore une fois.
Décidément le sort nous était contraire, puisqu'elle
donna le jour à une deuxième fille qu'on appela
Mariette. Quoiqu'il m'en coûtât de n'avoir pas de
fils, j'eus la sagesse de ne pas écouter ta mère qui
n'aurait pas reculé à mettre au monde douze filles
d'affilée pour obtenir un garçon. Dieu merci, c'est
bien assez d'avoir à élever ces deux gamines-là qui
nous coûtent les yeux de la tête!

— Mon père, soupira Rodolphe, quel que soit
l'effort où elles nous obligent, nous ne paierons
jamais à leur juste prix les saintes joies de la
famille.

— Les saintes joies de la famille, ricana le père
avec amertume, on voit que tu ne les connais pas,
toi. Si tu étais obligé de subvenir aux besoins de
quatre personnes avec un traitement de neuf cents
francs par mois, tu en rabattrais sûrement...

Il jeta un regard d'envie et d'admiration sur le
chapeau haut de forme et le manteau de son fils, et
il ajouta :

— Les joies de la famille, on en parle à son aise,
quand on est célibataire et qu'on peut s'acheter un
chapeau comme le tien... Enfin, c'est une consolation pour moi de penser que tu gagnes de l'argent.
Au fait, tu ne m'as pas encore parlé de ta
profession...

Sans hésitation, Rodolphe déclara d'une voix
ferme :

— Mon père, je dois vous avouer que je suis

sans situation depuis hier soir, et j'en suis plus
honteux que je ne peux dire, car, je n'ignore pas
que l'oisiveté est mère de tous les vices.

— Voilà un honnête proverbe, mon fils, qu'il est
sage de ne pas oublier. Mais enfin, si tu n'as perdu
ta place que d'hier au soir, c'est être trop sévère
que de t'accuser d'oisiveté. Et puis, tu as bien,
j'imagine, quelques économies...

— C'est vrai. Je possède à peu près, tant en
argent liquide qu'en valeurs mobilières, de quatre à
cinq cents millions de francs, auxquels il convient
d'ajouter une somme sensiblement égale investie en
diverses entreprises commerciales et industrielles.

Étranglé par l'émotion, le père se laissa tomber
sur une chaise et ôta son faux col.

— Ah, mon pauvre enfant! balbutia-t-il, quand
je pense que je voulais te faire entrer dans
l'administration des Ponts et Chaussées... Les
parents sont parfois bien coupables... Mais par quel
miracle as-tu réalisé une fortune aussi magnifique?

— Il n'y a pas de miracle. J'étais cambrioleur
mondain et comme j'avais acquis un certain doigté,
les choses allaient assez rondement.

— Cambrioleur mondain, murmurait le bonhomme un peu effaré, mon fils cambrioleur?...
Cambrioleur mondain, il est vrai... mondain et
milliardaire...

— Rassurez-vous, dit Rodolphe. J'ai décidé, hier
soir, d'abandonner la profession pour embrasser un
état honnête et me consacrer aux joies paisibles du
foyer.

Le père leva les yeux et les bras au ciel pour mieux attester qu'il pardonnait à l'enfant prodigue tous ses péchés de jeunesse.

— Du moment que tu es un honnête homme, conclut-il, je ne veux rien connaître du passé. Je ne sais qu'une chose, c'est que tu es un milliardaire et un bon fils...

— Certes, acquiesça Rodolphe, je suis un bon fils et j'espère vous en donner des preuves; mais non point milliardaire. Vous pensez bien que je ne vais pas garder des richesses aussi mal acquises. Toutes mes résolutions vertueuses seraient lettre morte si je ne restituais, jusqu'au dernier sou, le produit de mes innombrables larcins; et quand j'aurai rendu gorge, il me restera encore à détester mes forfaits et à les expier par une vie de repentir.

Et Rodolphe, tirant de son gousset la montre en acier qu'il avait dérobée au rez-de-chaussée, la tendait à son père avec toutes les marques d'une parfaite humilité. D'un geste affectueux, le bonhomme repoussa la montre et fit entendre à son fils qu'il pouvait disposer à son aise de toute la maison.

— Considère que tout ce qui est à moi t'appartient. Entre père et fils, c'est la moindre des choses

— Vous voyez, dit Rodolphe, combien j'avais raison de vanter tout à l'heure les joies si pures de la vie familiale. Votre générosité me rend bien heureux et j'en userai sans façon en vous empruntant d'abord vingt-cinq louis. (Rodolphe n'avait pu se défaire en quelques heures de ses habitudes de langage de cambrioleur mondain.) Ce n'est pas que

je sois sans argent. J'ai là dans ma poche une liasse
de billets qui font sept ou huit cent mille francs,
mais je me ferais scrupule d'en distraire si peu que
ce soit...

Le père entra dans une violente colère, repro-
chant à son fils l'inconvenance de sa conduite et la
folie qu'il y avait à abandonner une fortune de huit
cents millions, alors qu'il avait deux sœurs à doter
et des parents âgés qui s'étaient autrefois saignés
aux quatre veines pour lui faire passer son baccalauréat.

— Mon père, suppliait Rodolphe, je veux devenir un honnête homme, je n'aspire plus qu'à la
vertu...

— Fiche-moi la paix avec ta vertu. Il n'y a point
d'homme vertueux qui s'amuse à jeter l'argent par
les fenêtres, et puisque tu as une telle fringale de
vertu, commence par obéir à ton père... Tu vas
d'abord me donner la liasse de billets de mille
francs que tu caches dans ta poche de sûreté.

Rodolphe eut beau lui expliquer que cette liasse
de billets provenait d'un vol avec effraction
consommé dans les appartements d'une princesse
authentique dont il avait séduit les femmes de
chambre, le père ne voulut rien entendre et le traita
de mauvais fils.

— Cet argent-là m'appartient et j'ose dire qu'il
ne suffira pas à me payer de toutes les inquiétudes
que tes dix-huit ans d'absence m'ont fait endurer.
Rends-moi cet argent!

— Mon père, cet argent vous brûlerait les mains

et vous savez, d'autre part, qu'un bien mal acquis ne profite pas.

— Un bien mal acquis? Attends un peu, je vais t'apprendre à respecter tes parents. Je compte jusqu'à trois et si tu t'entêtes à me désobéir, je te donne ma malédiction.

Trop souvent, Rodolphe avait été le héros d'un feuilleton ou d'un grand roman d'amour et de haine, pour ignorer qu'un noble cœur ne se relève jamais d'une malédiction paternelle. Terrifié, il tendit les billets de banque à son père qui les mit dans la poche de son veston après les avoir comptés et recomptés.

— Il y a exactement huit cent soixante-quinze mille francs, un peu plus que tu n'avais pensé. Va, tu es un bon fils et je ne désespère pas de venir à bout de cette folie où tu t'obstines depuis hier soir.

— Mon Dieu, soupirait Rodolphe, je ne pensais pas qu'il fût si difficile de devenir vertueux. Il ne s'est pas écoulé une nuit pleine depuis que j'ai formé le projet d'être un homme honnête, mais déjà je succombe à la tentation. Et pourtant... où peut-on être mieux qu'au sein de sa famille...

        ★

Tandis qu'il se livrait à ces amères réflexions en écoutant d'une oreille distraite les conseils paternels, un coup de sonnette retentit à la porte

d'entrée et une voix acide entra dans la maison par
le trou de la serrure :

— Comment se fait-il que la clé ne soit pas sous
le paillasson?

L'époux se pencha par la fenêtre et jeta la clé
dans le jardin, mais si maladroitement que ni sa
femme ni ses filles ne purent la retrouver. Il y eut
un grand vacarme d'imprécations. Justement irri-
tée, l'épouse déplorait qu'un père de famille eût si
peu le souci de sa dignité qu'il rentrât aux trois
quarts ivre mort et incapable d'ouvrir la porte lui-
même. Après dix minutes de vaines recherches, les
jeunes filles et leur mère commencèrent à craindre
que la clé ne fût tombée dans la cave. Le père, qui
les avait exhortées à la patience depuis le premier
étage, ne dissimulait plus son inquiétude. Rodolphe
mesura la situation et dit avec un peu de mélancolie, car il avait renoncé à Satan, comme à ses
pompes et à ses œuvres :

— Ne craignez rien, mon père, je vais aller
ouvrir la porte.

Il descendit au rez-de-chaussée, tira de sa poche
son trousseau de rossignols et fit jouer le ressort de
la serrure comme il eût fait d'un simple loquet.

— C'est une chance, murmura le père, que tu
aies cette adresse des mains...

Rodolphe eut un pâle sourire de victime et remit
son trousseau dans sa poche. Déjà sa mère se jetait
à son cou et l'étreignait en sanglotant :

— C'est mon enfant bien-aimé qui me revient
après dix-huit ans d'absence!

— C'est notre frère chéri pour lequel nous avons si souvent prié, disaient Madeleine et Mariette.

Il y eut de grandes effusions jusqu'à une heure avancée et tout le monde pleura d'émotion. Après quoi, l'on ouvrit le pot de confiture aux mirabelles dont on fit des tartines arrosées de café au lait. Charmé par la grâce et la modestie de ses deux sœurs, bercé par la tendresse des propos maternels, Rodolphe n'était pas loin de croire qu'il vivait le plus beau jour de sa vie. Il fit compliment à sa mère sur l'élégance de sa robe d'organdi et la façon gracieuse de son indéfrisable, ce qui fit dire à son père :

— Le garçon s'y connaît. Vous savez qu'il est très mondain...

Rodolphe rougit jusqu'aux oreilles et, pour dissimuler son trouble, s'informa des fastes du bal de la Sous-Préfecture. Il apprit que la fête était tout à fait réussie, qu'on n'avait rien vu de pareil depuis l'inauguration de la statue.

— Moi, dit Madeleine, j'ai dansé toute la nuit avec le fils Duponart, il avait un complet marron avec une petite rayure grise et quoiqu'il n'ait jamais pris de leçons, c'est un des meilleurs danseurs de la ville. Quand il me prenait pour faire un tour de valse, je ne peux pas dire combien je me sentais légère.

Une rougeur exquise lui monta aux joues tandis qu'elle ajoutait :

— Nous avons parlé de choses et d'autres et

après la dernière danse, il m'a dit qu'il viendrait
trouver papa.

— Ce fils Duponart est un garçon bien convenable, affirma la mère, il m'a conduite au buffet
deux fois. J'ai pris des renseignements auprès d'une
voisine qui connaît bien ses parents. Il paraît que
c'est un jeune homme travailleur, qui ne va jamais
au café et qui passe ses dimanches en famille. Il n'a
l'air de rien, et pourtant il gagne huit cents francs
par mois dans les écritures. On peut dire que c'est
une chance pour Madeleine s'il consent à l'épouser.

Le père de Madeleine eut un geste de mécontent-
tement, mais Mariette avait tant de hâte à parler de
son danseur qu'il ne trouva pas le temps de placer
un mot.

— Moi, dit-elle, j'ai dansé toute la nuit avec le
brigadier Valentin, du train des équipages, qui a de
si beaux yeux noirs ; et il m'a dit plusieurs fois qu'il
n'avait jamais vu de danseuse aussi jolie que moi.
Mais on ne peut pas se figurer de quelle manière il
me le disait. On voyait bien que c'était sincère. Au
moment de me quitter, il me l'a encore répété, et il
m'a promis qu'il viendrait trouver papa.

Mariette rougit avec toute la pudeur qu'il fallait,
puis elle regarda sa mère qui dit en hochant la tête :

— Ce brigadier Valentin porte l'uniforme des
tringlots comme pas un, et il m'a conduite deux
fois au buffet. Je me suis renseignée sur son
compte. Il paraît qu'il est bien noté par ses chefs.
S'il montre un peu de suite dans ses idées, ce sera
pour Mariette une chance inespérée.

Dans cette atmosphère de promesses nuptiales, Rodolphe souriait à ses sœurs extasiées et se plaisait à songer qu'un jour viendrait où lui aussi choisirait une épouse aux solides pantalons de finette, bonne ménagère, connaissant la couture et la musique. Il allait tourner un compliment de circonstance, lorsque le père, saisissant le pot de confiture aux mirabelles, en donna un coup sur la table avec une brutalité calculée.

— Je ne veux pas de purotins dans ma famille, rugit-il. Grâce à la générosité de mon fils Rodolphe, qui est aujourd'hui milliardaire, je suis en mesure de donner deux cent mille francs de dot à chacune de mes filles, pour commencer. Ce n'est pas pour que Madeleine épouse un Duponart à huit cents francs par mois. Ni Valentin, ni Duponart, qu'on ne m'en parle plus! Un brigadier du train des équipages? Pourquoi pas un soldat de première classe? Je le dis une fois pour toutes, mes filles n'épouseront jamais qu'un homme ayant une automobile et un chapeau haut de forme.

Rodolphe, voyant pâlir Madeleine et Mariette, les rassura d'un clin d'œil et fit un discours très raisonnable, remontrant à son père que l'argent ne fait pas le bonheur.

— Considérez, mon père, que le fils Duponart ne va pas au café...

— Justement, je ne veux pas d'un gendre que ta mère puisse me jeter dans les jambes à chaque instant de la journée...

— Considérez que le brigadier Valentin porte avec honneur l'uniforme des tringlots!

— C'est bien à toi, déserteur et insoumis, de faire l'éloge d'un militaire...

— Vive l'armée! s'écria Rodolphe d'une voix vibrante qui fit battre les cœurs des jeunes filles. J'ai trouvé hier soir mon chemin de Damas. J'abandonne ma fortune pour me dévouer à ma famille et à mon pays.

— Si ça ne fait pas mal d'entendre une chose pareille, protesta le père. De mon temps, c'étaient les parents qui radotaient, à présent ce sont les enfants. En tout cas, tu pourras toujours essayer de m'emprunter un sou. Une fois que j'aurai doté Madeleine et Mariette, il me restera quatre cent soixante-quinze mille francs que je placerai en viager, et je choisirai si bien les maris de tes sœurs que tu peux abandonner, en même temps que ta fortune, l'espoir de leur emprunter si peu que ce soit.

Sans attendre la réplique de Rodolphe, il déclara qu'il allait se coucher et passa dans la pièce voisine en faisant claquer la porte. Madeleine, Mariette et leur mère qui n'attendaient que ce moment-là, mirent les deux coudes sur la table et sanglotèrent dans leurs mouchoirs. Perclus de mélancolie, Rodolphe regardait cette grande douleur et n'osait faire un mouvement. Il ne pouvait se défendre de considérer avec inquiétude le peu d'efficacité de la vertu. Il lui souvenait d'avoir été un fameux redresseur de torts, au temps où il disposait de la lettre anonyme et de toutes les combinaisons de coffre-fort; il lui suffisait d'écrire : « Monsieur le Comte. J'interdis toute promesse de mariage entre votre fille Solange et le jeune Alexis. Signé : LA MAIN DE FER. » Maintenant qu'il était un honnête homme, un brave homme, une bonne pâte de brave homme, il se trouvait désarmé en face de l'erreur et de la méchanceté. Sa vertu ne lui offrait que des maximes et des paroles de consolation.

— N'importe, se dit-il, je demeure un homme de bien. Mon père pourra marier ses filles à des ivrognes et à des marchands de cochons, il ne m'empêchera pas d'être un homme vertueux.

— Mon pauvre Rodolphe, gémit sa mère en montrant un visage rougi par les larmes. C'est un grand malheur que tu aies été si généreux avec ton père. L'argent lui fait déjà perdre la tête. Lui qui aurait été trop heureux hier soir d'avoir un gendre brigadier et un gendre dans les écritures, n'aura point de repos qu'il n'ait fait le malheur de ses filles. Et encore si ce n'était que cela...

— Oh! maman, protesta Madeleine, comment peux-tu parler ainsi... Tu disais toi-même en revenant du bal qu'il n'y a pas dans toute la ville un garçon sérieux qui sache mieux danser que le fils Duponart.

— Oh! maman, protesta Mariette. Tu sais bien qu'il n'y aura jamais qu'un brigadier dans ma vie!

Rodolphe lui-même fit entendre une exclamation qui pouvait passer pour un blâme respectueux.

Alors la mère s'arracha une poignée de cheveux et s'écria en les posant sur la table :

— Petits malheureux, mais vous ne comprenez donc pas que votre père va profiter de ce qu'il a de l'argent pour aller courir les créatures! Ma vie est brisée pour toujours!

Elle eut une crise de désespoir affreux, ce qui était bien compréhensible, et les deux jeunes filles se remirent à sangloter. Les yeux secs, Rodolphe paraissait absorbé dans une sombre rêverie. Au moment d'aller se coucher, il embrassa longuement sa mère, et lui promit d'arranger les choses. Après quoi, il monta chercher son bagage au premier étage et revint au rez-de-chaussée occuper la chambre qu'on lui avait destinée.

★

La maison était silencieuse. Rodolphe mit son chapeau haut de forme, son loup de velours noir, sa longue cape noire et entra dans la chambre de ses parents. Sa lanterne sourde éclaira *La Gazette départementale* que son père avait laissé tomber sur la descente de lit, et découvrit le coffre-fort dans un coin de la pièce. La combinaison était de cinq lettres. Rodolphe, réfléchissant que son père était allé se coucher de très mauvaise humeur, la découvrit du premier coup.

— Ce pauvre papa, murmura-t-il avec attendrissement. Il ne s'était pas creusé...

Les huit cent soixante-quinze mille francs formaient un gros tas sur l'un des rayons. Rodolphe glissa le paquet dans sa poche, referma le coffre et gagna le vestibule. Il perdit encore dix minutes à chercher la clé de la porte d'entrée, car il répugnait à se servir d'un rossignol. Il finit par la découvrir. Comme il aurait dû s'y attendre, la clé était sous le paillasson. Avec précaution, il tira la porte derrière lui, franchit la grille du petit jardin et s'éloigna dans les rues de la petite ville. Il marchait depuis cinq minutes lorsqu'il songea tout à coup :

— Avec tout ça, je ne sais toujours pas comment je m'appelle. J'ai oublié de demander à mon père quel était notre patronyme. Suis-je bête...

Le cambrioleur mondain eut un geste de mauvaise humeur, puis hochant la tête, il partit pour de nouvelles aventures qui le conduisirent dans un excellent roman policier et dans divers grands romans d'amour et de haine.

Un jour qu'il passait en feuilleton au rez-de-chaussée de *La Gazette départementale* sous le nom de « Justicier des Ténèbres » le gentleman-cambrioleur leva les yeux vers le haut de la page et lut avec plaisir la nouvelle que ses sœurs Mariette et Madeleine avaient épousé respectivement le fils Duponart et le brigadier Valentin. Mais comme un défaut d'impression avait escamoté plusieurs lettres du texte, il dut se résigner à poursuivre ses aventures en continuant d'ignorer son nom de famille.

LE DERNIER

Il y avait un coureur cycliste appelé Martin qui arrivait toujours le dernier, et les gens riaient de le voir si loin derrière les autres coureurs. Son maillot était d'un bleu très doux, avec une petite pervenche cousue sur le côté gauche de la poitrine. Courbé sur son guidon, et le mouchoir entre les dents, il pédalait avec autant de courage que le premier. Dans les montées les plus dures, il se dépensait avec tant de ferveur qu'il avait une belle flamme dans les yeux; et chacun disait en voyant son regard clair et ses muscles gonflés d'effort :

— Allons, voilà Martin qui a l'air d'avoir la forme. C'est bien tant mieux. Cette fois il va arriver à Tours (ou à Bordeaux, ou à Orléans, ou à Dunkerque), cette fois il va arriver au milieu du peloton.

Mais cette fois-là était comme les autres, et Martin arrivait quand même le dernier. Il gardait toujours l'espoir de faire mieux, mais il était un peu ennuyé parce qu'il avait une femme et des enfants, et que la place de dernier ne rapporte pas beaucoup

d'argent. Il était ennuyé, et pourtant on ne l'entendait jamais se plaindre que le sort lui eût été
injuste. Quand il arrivait à Tours (ou à Marseille,
ou à Cherbourg), la foule riait et faisait des
plaisanteries :

— Eh! Martin! c'est toi le premier en commençant par la queue!

Et lui, qui entendait leurs paroles, il n'avait pas
même un mouvement de mauvaise humeur, et s'il
jetait un coup d'œil vers la foule, c'était avec un
sourire doux, comme pour lui dire : « Oui, c'est
moi, Martin. C'est moi le dernier. Ça ira mieux
une autre fois. » Ses compagnons de route lui
demandaient après la course :

— Alors, comme ça, tu es content? ça a bien
marché?

— Oh oui! répondait Martin, je suis plutôt
content.

Il ne voyait pas que les autres se moquaient de
lui, et quand ils riaient, il riait aussi. Même, il les
regardait sans envie s'éloigner au milieu de leurs
amis, dans un bruit de fête et de compliments. Lui,
il restait seul, car il n'y avait jamais personne pour
l'attendre. Sa femme et ses enfants habitaient un
village sur la route de Paris à Orléans, et il les
voyait de loin en loin, dans un éclair, quand la
course passait par là. Les personnes qui ont un
idéal ne peuvent pas vivre comme tout le monde,
c'est compréhensible. Martin aimait bien sa
femme, et ses enfants aussi, mais il était coureur
cycliste, et il courait, sans s'arrêter entre les étapes.

Il envoyait un peu d'argent chez lui quand il en avait et il pensait souvent à sa famille, pas pendant la course (il avait autre chose à faire), mais le soir, à l'étape, en massant ses jambes fatiguées par la longue route.

Avant de s'endormir, Martin faisait sa prière à Dieu et lui parlait de l'étape qu'il avait courue dans la journée, sans songer qu'il pût abuser de sa patience. Il croyait que Dieu s'intéressait aux courses de bicyclette, et il avait bien raison. Si Dieu ne connaissait pas à fond tous les métiers, il ne saurait pas le mal qu'on a pour avoir une âme présentable.

— Mon Dieu, disait Martin, c'est encore pour la course d'aujourd'hui. Je ne sais pas ce qui se passe, mais c'est toujours la même chose. J'ai pourtant une bonne bécane, on ne peut pas dire. L'autre jour, je me suis demandé s'il n'y avait pas des fois quelque chose dans le pédalier. J'ai donc démonté toutes les pièces, une à une, tranquillement sans m'énerver, comme je vous cause. J'ai vu qu'il n'y avait rien dans le pédalier, ni ailleurs. Et celui qui viendrait me dire que cette bécane-là n'est pas une bonne bécane, moi, je lui répondrais que c'est une bonne bécane, une bonne marque. Alors?... Bien entendu qu'il y a la question de l'homme : le muscle, la volonté, l'intelligence. Mais l'homme, mon Dieu, c'est justement votre affaire. Voilà ce que je me dis, et c'est pourquoi je ne me plains pas. Je sais bien que dans les courses, il faut un dernier et qu'il n'y a pas de honte à être le dernier. Je ne me plains pas, non. C'est plutôt pour dire.

Là-dessus, il fermait les yeux, dormait sans rêves jusqu'au matin et, s'éveillant, disait avec un sourire heureux :

— Aujourd'hui, c'est moi qui vais arriver le premier.

Il riait de plaisir en songeant au bouquet qu'une petite fille allait lui offrir, parce qu'il serait le premier, et aussi à l'argent qu'il enverrait à sa femme. Il lui semblait lire déjà dans le journal : *Martin enlève l'étape Poligny-Strasbourg ; après une course mouvementée, il est vainqueur au sprint.* A la réflexion, il était peiné pour le deuxième et pour les suivants, surtout le dernier qu'il aimait déjà, sans le connaître.

Le soir, Martin arrivait à Strasbourg à sa place habituelle, parmi les rires et les plaisanteries des spectateurs. Il était un peu étonné, mais le lendemain, il attaquait l'étape suivante avec la même certitude d'être vainqueur. Et chaque matin, chaque départ de course, voyait se renouveler ce grand miracle d'espérance.

*

A la veille de la course Paris-Marseille, le bruit courut dans les milieux cyclistes de la capitale que Martin ménageait au public une surprise éclatante, et cinquante-trois journalistes vinrent aussitôt l'interviewer.

— Ce que je pense du théâtre? répondit Martin. Un jour que j'étais de passage à Carcassonne, je me suis trouvé de voir jouer *Faust* au théâtre municipal, et j'ai eu de la peine pour Marguerite. Je dis que si Faust avait su ce que c'est qu'une bonne bécane, il n'aurait pas été en peine d'employer sa jeunesse, et il n'aurait pas pensé à faire des misères à cette fille-là qui aurait sûrement trouvé à se marier. Voilà mon avis. Maintenant, vous me demandez qui est-ce qui sera le premier à Marseille, et je vais vous répondre, sans me cacher de rien : C'est moi qui gagnerai la course.

Comme les journalistes le quittaient, il reçut une lettre parfumée d'une nommée Liane qui l'invitait à prendre le thé. C'était une femme de mauvaise vie, comme il y en a trop et qui n'avait pas plus de morale que de conduite. Martin se rendit chez elle sans méfiance, au sortir du vélodrome où il avait fait quelques tours pour vérifier sa machine. Il tenait à la main une petite valise contenant ses effets de cycliste.

Il parla des courses, de la meilleure tactique, des soins qu'il fallait prendre de sa bécane et de sa personne. La mauvaise femme lui posait des questions perfides :

— Comment s'y prend-on pour faire un massage, monsieur Martin?

Et tout en disant, elle tendait la jambe pour qu'il la prît. Et Martin prenait bonnement cette jambe de perdition, non plus ému que si c'eût été celle d'un coureur, expliquant avec tranquillité :

— Vous massez comme ça, en remontant. Avec les femmes, n'est-ce pas, c'est difficile, parce qu'il y a du mou sur le muscle.

— Et en cas d'accident, comment feriez-vous pour me porter?

Elle lui posait bien d'autres questions, mais on ne peut pas répéter tout ce que cette créature disait. Martin répondait avec candeur, bien loin de soupçonner ses vilaines intentions. Elle eut la curiosité de savoir ce que contenait sa valise, et il ne fit point de difficulté à lui montrer son maillot, sa culotte, et ses souliers de coureur.

— Ah! monsieur Martin, dit-elle, comme j'aimerais vous voir habillé en coureur. Je n'en ai jamais vu de tout près.

— Puisque ça vous fait plaisir, répondit-il, je veux bien. Je vais passer dans la chambre à côté, pour le respect.

Lorsqu'il revint, il la trouva vêtue d'un costume plus léger encore que le sien, et dont on aime mieux s'épargner la description. Mais Martin ne baissa même pas les yeux. Il regarda l'impudente avec un air sérieux, et dit en hochant la tête :

— Je vois que c'est votre idée de faire aussi des courses de bicyclette, mais je vous parlerai franchement. Le métier de coureur cycliste, à mon avis, ne convient pas aux femmes. Question de jambes, les vôtres arriveraient à valoir les miennes, ce n'est pas ce qui m'inquiète. Mais les femmes ont des poitrines et quand on roule deux ou trois cents kilomètres, c'est lourd à porter, madame. Sans compter qu'il faut penser aux enfants; il y a ça aussi.

Liliane, touchée par ces paroles de sagesse et d'innocence, comprit enfin combien la vertu est aimable. Elle se prit à détester ses péchés, et il y en avait beaucoup, puis elle dit à Martin en versant des larmes bien douces :

— J'ai été folle, mais à partir d'aujourd'hui, c'est bien fini.

— Il n'y a pas de mal, dit Martin. Maintenant que vous m'avez vu en maillot, je vais aller me rhabiller à côté, pour le respect. Pendant ce temps-là, vous en ferez autant et vous ne penserez plus à courir.

Ainsi firent-ils, et Martin, emportant les bénédictions de cette pauvre fille à qui il rendait l'honneur et la joie de vivre en paix avec sa conscience, gagna la rue. Les journaux du soir publiaient son portrait. Il n'en ressentit ni plaisir, ni orgueil, n'ayant pas besoin de tout ce bruit pour espérer. Le lendemain matin, dès la sortie de Paris, il prit la place de dernier et la conserva jusqu'au bout. En entrant à Arles, il apprit que ses concurrents étaient arrivés à Marseille, mais il ne ralentit pas son effort. Il continuait à pédaler avec toutes ses forces et, au fond de son cœur, bien que la course fût terminée pour les autres, il ne désespérait pas tout à fait d'arriver le premier. Les journaux, furieux de s'être trompés, le traitèrent de fanfaron et lui conseillèrent de courir « le critérium des ânes » (jeu de mots incompréhensible pour qui ne lit pas les journaux sportifs). Cela n'empêchait pas Martin d'espérer et Liliane d'ouvrir, dans la rue de la Fidélité, une crémerie à l'enseigne de la Bonne Pédale, où les œufs se vendaient un sou moins cher que partout ailleurs.

★

A mesure qu'il croissait en âge et en expérience, Martin devenait plus ardent à la lutte, et courait presque autant de courses qu'il y a de saints dans le calendrier. Il ne connaissait pas de repos. Venait-il de terminer une course qu'il s'inscrivait aussitôt pour un nouveau départ. Ses tempes commençaient à blanchir, son dos à se voûter, et il était le doyen des coureurs cyclistes. Mais il ne le savait pas et semblait même ignorer son âge. Comme autrefois, il arrivait le dernier, mais avec un retard deux ou trois fois plus considérable. Il disait dans ses prières :

— Mon Dieu, je ne comprends pas, je ne sais pas à quoi ça tient...

Un jour d'été qu'il courait Paris-Orléans, il attaquait une côte qu'il connaissait bien, et il s'aperçut qu'il roulait à plat. Tandis qu'il changeait de boyau sur le bord de la route, deux femmes s'approchèrent, et l'une d'elles, qui tenait sur le bras un enfant de quelques mois, lui demanda :

— Vous ne connaissez pas un nommé Martin qui est coureur cycliste?

Il répondit machinalement :

— C'est moi, Martin. C'est moi le dernier. Ça ira mieux une autre fois.

— Je suis ta femme, Martin.

Il leva la tête, sans s'interrompre d'ajuster le boyau sur la jante, et dit avec tendresse :

— Je suis bien content... Je vois que les enfants poussent aussi, ajouta-t-il en regardant le bébé qu'il prenait pour l'un de ses enfants.

Son épouse eut un air gêné, et, montrant la jeune femme qui l'accompagnait :

— Martin, dit-elle, voilà ta fille, qui est aussi grande que toi, maintenant. Elle est mariée, et tes garçons sont mariés...

— Je suis bien content... Je les aurais crus moins vieux. Comme le temps passe... Et c'est mon petit-fils que tu tiens dans tes bras ?

La jeune femme détourna la tête, et ce fut sa mère qui répondit :

— Non, Martin, ce n'est pas son fils. C'est le mien... Je voyais que tu ne rentrais pas...

Martin retourna à son boyau et se mit à le gonfler sans mot dire. Quand il se releva, il vit des larmes couler sur le visage de sa femme et murmura :

— Dans le métier de coureur, tu sais ce que c'est, on ne s'appartient pas... Je pense souvent à toi, mais bien sûr, ce n'est pas comme quand on est là...

L'enfant s'était mis à pleurer, et il semblait que rien ne pût apaiser ses cris. Martin en fut boule-

versé. Avec sa pompe à bicyclette, il lui souffla
dans le nez, disant d'une petite voix de tête :

— Tu tu tu...

Le bambin se mit à rire. Martin l'embrassa et dit
adieu à sa famille.

— J'ai perdu cinq minutes, mais je ne les
regrette pas, surtout que je peux me rattraper
facilement. Cette course-là est pour moi.

Il remonta sur sa machine et longtemps les deux
femmes le suivirent des yeux dans la montée.
Debout sur ses pédales, il portait le poids de son
corps tantôt d'un côté, tantôt de l'autre.

— Comme il a du mal, murmurait sa femme.
Autrefois, il y a seulement quinze ans, il grimpait
toutes les côtes rien qu'avec ses jambes, sans jamais
bouger de sa selle.

Martin approchait du sommet de la montée, il
allait de plus en plus lentement, et l'on croyait à
chaque instant qu'il allait s'arrêter. Enfin, sa
machine se posa sur la ligne d'horizon, il fit roue
libre une seconde, et son maillot bleu fondit dans le
ciel d'été.

Martin connaissait mieux que personne toutes les
routes de France, et chacune des milliers de bornes
kilométriques avait pour lui un visage familier, ce
qui paraît presque incroyable. Depuis longtemps, il
montait les côtes à pied en poussant sa machine
avec un halètement de fatigue, mais il croyait
toujours en son étoile.

— Je me rattraperai à la descente, murmurait-il.

Et en arrivant à l'étape, le soir, ou quelquefois le

lendemain, il était encore étonné de n'avoir pas la première place.

— Mon Dieu, je ne sais pas ce qui s'est passé...

Des rides profondes sillonnaient son visage décharné qui avait la couleur des chemins de l'automne, ses cheveux étaient tout blancs, mais dans le regard de ses yeux usés brillait une flamme de jeunesse. Son maillot bleu flottait sur son torse maigre et voûté, mais il n'était plus bleu et semblait fait de brume et de poussière. N'ayant point d'argent pour prendre le train, il ne le regrettait pas. Quand il arrivait à Bayonne où la course était déjà oubliée depuis trois jours, il remontait en selle aussitôt pour aller prendre à Roubaix le départ d'une autre course. Il parcourait toute la France, à pied dans les montées, pédalant en palier et dormant pendant qu'il faisait roue libre aux descentes, ne s'arrêtant ni jour ni nuit.

— Je m'entraîne, disait-il.

Mais il apprenait à Roubaix que les coureurs étaient partis depuis une semaine. Il hochait la tête et murmurait en remontant sur sa bécane :

— C'est dommage, je l'aurais sûrement gagnée. Enfin, je vais toujours aller courir Grenoble-Marseille. J'ai justement besoin de me mettre un peu aux cols des Alpes.

Et à Grenoble, il arrivait trop tard, et à Nantes, à Paris, à Perpignan, à Brest, à Cherbourg, il arrivait toujours trop tard.

— Dommage, disait-il d'une petite voix chevrotante, c'est vraiment dommage. Mais je vais me rattraper.

Tranquillement, il quittait la Provence pour gagner la Bretagne, ou l'Artois pour le Roussillon, ou le Jura pour la Vendée, et de temps à autre, en clignant un œil, il disait aux bornes kilométriques :

— Je m'entraîne.

Martin devint si vieux qu'il ne voyait presque plus. Mais ses amies les bornes kilométriques, et même les plus petites qui sont tous les cent mètres, lui faisaient comprendre qu'il eût à tourner à droite, ou à gauche. Sa bicyclette avait beaucoup vieilli, elle aussi. Elle était d'une marque inconnue, si ancienne que les historiens n'en avaient jamais entendu parler. La peinture avait disparu, la rouille même était cachée par la boue et par la poussière. Les roues avaient perdu presque tous leurs rayons, mais Martin était si léger, que les cinq ou six restants suffisaient à le porter.

— Mon Dieu, disait-il, j'ai pourtant une bonne bécane. Je n'ai pas à me plaindre de ce côté-là.

Il roulait sur les jantes, et comme sa machine faisait un grand bruit de ferraille, les gamins lui jetaient des pierres en criant :

— Au fou ! à la ferraille ! à l'hôpital !

— Je vais me rattraper, répondait Martin qui n'entendait pas bien.

Il y avait bien des années qu'il cherchait à s'engager dans une course, et il arrivait toujours trop tard. Une fois, il quitta Narbonne pour se rendre à Paris où le départ du Tour de France devait être donné dans la semaine. Il arriva l'année suivante et il eut la joie d'apprendre que les coureurs n'étaient partis que de la veille.

— Je vais les rejoindre dans la soirée, dit-il, et j'enlèverai la deuxième étape.

Comme il enfourchait sa machine, au sortir de la porte Maillot, un camion le projeta sur la chaussée. Martin se releva, serrant dans ses mains le guidon de sa bécane fracassée, et dit avant de mourir :

— Je vais me rattraper.

DU MÊME AUTEUR

Aux Éditions Gallimard

LES JUMEAUX DU DIABLE, *roman.*

LA TABLE AUX CREVÉS, *roman.*

BRÛLEBOIS, *roman.*

LA RUE SANS NOM, *roman.*

LE VAURIEN, *roman.*

LE PUITS AUX IMAGES, *roman.*

LA JUMENT VERTE, *roman.*

LE NAIN, *nouvelles.*

MAISON BASSE, *roman.*

LE MOULIN DE LA SOURDINE, *roman.*

GUSTALIN, *roman.*

DERRIÈRE CHEZ MARTIN, *nouvelles.*

LES CONTES DU CHAT PERCHÉ.

LE BŒUF CLANDESTIN, *roman.*

LA BELLE IMAGE, *roman.*

TRAVELINGUE, *roman.*

LE PASSE-MURAILLE, *nouvelles.*

LA VOUIVRE, *roman.*

LE CHEMIN DES ÉCOLIERS, *roman.*

LE VIN DE PARIS, *nouvelles.*

URANUS, *roman.*

EN ARRIÈRE, *nouvelles*.

LES OISEAUX DE LUNE, *théâtre*.

LA MOUCHE BLEUE, *théâtre*.

LES TIROIRS DE L'INCONNU, *roman*.

LOUISIANE, *théâtre*.

LES MAXIBULES, *théâtre*.

LE MINOTAURE précédé de LA CONVENTION BELZÉBIR et de CONSOMMATION, *théâtre*.

ENJAMBÉES, *contes*.

DU CÔTÉ DE CHEZ MARIANNE, *chroniques*.

Bibliothèque de la Pléiade

ŒUVRES ROMANESQUES COMPLÈTES, I.

Dans la collection Biblos

LE NAIN – DERRIÈRE CHEZ MARTIN – LE PASSE-MURAILLE – LE VIN DE PARIS – EN ARRIÈRE.

COLLECTION FOLIO

Dernières parutions

Impression S.E.P.C. à Saint-Amand (Cher),
le 28 septembre 1993.
Dépôt légal : septembre 1993.
1ᵉʳ dépôt légal dans la collection : octobre 1979.
Numéro d'imprimeur : 1755.
ISBN 2-07-036912-9./Imprimé en France.

66045